LE VOYAGE ÉGOÏSTE
SUIVI DE QUATRE SAISONS

COLETTE

ALICIA ÉDITIONS

TABLE DES MATIÈRES

LE VOYAGE ÉGOÏSTE
DIMANCHE	3
J'AI CHAUD	7
RÉPIT	10
MALADE	13

QUATRE-SAISONS
CADEAUX DE NOËL	19
VISITES	22
PRINTEMPS DE DEMAIN	25
ADIEU À LA NEIGE	28
MANNEQUINS	31
ÉLÉGANCE, ÉCONOMIE	35
VOYAGES	39
JARDINS PRISONNIERS	42
VACANCES	45
VENDANGEUSES	48
POIL ET PLUME	52
LES JOYAUX MENACÉS	55
TROP COURT	58
EN DESSOUS	62
FARDS	66
CHAPEAUX	70
SEINS	73
PRESSE-PAPIER	76
NOUVEAUTÉS	80
ARRIÈRE-SAISON	84
FOURRURES	88
AMATEURS	91
POCHES VIDES	94
SOIERIES	97
LOGIQUE	101

LE VOYAGE ÉGOÏSTE

DIMANCHE

Qu'est-ce que tu as ?... Ne prends pas la peine, en me répondant : « Rien », de remonter courageusement tous les traits de ton visage ; l'instant d'après, les coins de ta bouche retombent, tes sourcils pèsent sur tes yeux et ton menton me fait pitié. Je le sais, moi, ce que tu as.

Tu as que c'est dimanche et qu'il pleut. Si tu étais une femme, tu fondrais en larmes, parce qu'il pleut et que c'est dimanche, mais tu es un homme, et tu n'oses pas. Tu tends l'oreille vers le bruit de la pluie fine — un bruit fourmillant de sable qui boit — tu regardes malgré toi la rue miroitante et les funèbres magasins fermés, et tu raidis tes pauvres nerfs d'homme, tu fredonnes un petit air, tu allumes une cigarette que tu oublies et qui refroidit entre tes doigts pendants...

J'ai bien envie d'attendre que tu n'en, puisses plus, et que tu quêtes mon secours... Je suis méchante, dis ? Non, mais c'est que j'aime tant ton geste enfantin de jeter les bras vers moi et de laisser rouler ta tête sur mon épaule, comme si tu me la donnais une fois pour toutes. Mais aujourd'hui il pleut si noir, et c'est tellement dimanche que je fais, avant que tu l'aies demandé, les trois signes magiques : clore les rideaux — allumer la lampe — disposer, sur le divan, parmi les coussins que tu préfères, mon épaule creusée pour ta joue, et mon bras prêt à se refermer sur ta nuque...

Est-ce bien ainsi ? Pas encore ? Ne dis rien, attends que notre chaleur de bêtes fraternelles ait gagné les coussins. Lentement, lentement, la soie tiédit sous ma joue, sous mes reins, et ta tête s'abandonne peu à peu à mon épaule, et tout ton corps, à mon côté, se fait lourd et souple et répandu comme si tu fondais...

Ne parle pas : j'entends, mieux que tes paroles, tes grands soupirs tremblants... Tu retiens ton souffle, tu crains d'achever le soupir en sanglot. Ah ! si tu osais...

Va, j'ai jeté sur la lampe mon écharpe bleutée ; tu vois à peine, à travers les tiges d'un haut bouquet de chrysanthèmes, le feu dansant ; reste là, dans l'ombre, oublie que je suis ton amie, oublie ton âge et même que je suis une femme, savoure l'humiliation et la douceur de redevenir, parce que c'est un désolant dimanche de novembre, parce qu'il fait froid et qu'il pleut noir, un enfant nerveux qui retourne invinciblement, innocemment, à la féminine chaleur, qui ne souhaite rien, hormis l'abri vivant et l'immobile caresse de deux bras refermés.

Reste là. Tu as retrouvé le berceau ; il te manque la chanson ou le conte merveilleux... Je ne sais pas de contes. Et je n'inventerai même pas pour toi l'histoire heureuse d'une princesse fée qui aime un prince magicien. Car il n'y a pas de place pour l'amour dans ton cœur d'aujourd'hui, dans ton cœur d'orphelin.

Je ne sais pas de contes... Te suffira-t-il, mon chuchotement contre ton oreille ? Donne ta main, serre bien la mienne : elle te mène, sans bouger, vers les dimanches humbles que j'ai tant aimés. Tu nous vois, la main dans la main et toujours plus petits, sur la route couleur de fer bleu, pailletée de silex métallique — c'est une route de mon pays...

Je te conduis doucement, parce que tu n'es qu'un joli enfant parisien, et je regarde, en marchant, ta main blanche dans ma petite patte hâlée, sèche de froid et rougie au bout des doigts. Elle a l'air, ma petite patte paysanne, d'une des feuilles qui demeurent aux haies, enluminées par l'automne...

La route couleur de fer tourne ici, si court qu'on s'arrête surpris, devant un village imprévu... Mon Dieu, je t'emmène religieusement vers ma maison d'autrefois, petit enfant policé et qui ne t'étonnes guère, et peut-être que tu dis, pendant que je tremble sur le seuil retrouvé : « Ce n'est qu'une vieille maison... »

Entre. Je vais t'expliquer. D'abord, tu comprends que c'est dimanche à cause du parfum de chocolat qui dilate les narines, qui sucre la gorge délicieusement... Quand on s'éveille, voyons, et qu'on respire la chaude odeur du chocolat bouillant, on sait que c'est dimanche. On sait qu'il y a, à dix heures, des tasses roses, fêlées, sur la table, et des galettes feuilletées — ici, tiens, dans la salle à manger — et qu'on a la permission de supprimer le grand déjeuner de midi... Pourquoi ? Je ne saurais te dire... C'est une mode de mon enfance.

Ne lève pas des yeux craintifs vers le plafond noir. Tout est tutélaire dans cette maison ancienne. Elle contient tant de merveilles ! Ce pot bleu chinois, par exemple, et la profonde embrasure de cette fenêtre où le rideau, en retombant, me cache toute...

Tu ne dis rien ? Oh ! petit garçon, je te montre un vase enchanté, dont la panse gronde de rêves captifs, la grotte mystérieuse où je m'enferme avec mes fantômes favoris, et tu restes froid, déçu, et ta main ne frémit pas dans la mienne ? Je n'ose plus, maintenant, te mener dans ma chambre à dormir, où la glace est tendue d'une dentelle grise, plus fine qu'un voile de cheveux, qu'a tissée une grosse araignée des jardins, frileuse.

Elle veille au milieu de sa toile, et je ne veux pas que tu l'inquiètes. Penche-toi sur le miroir ; nos deux visages d'enfants, le tien pâle, le mien vermeil, rient derrière le double tulle... Ne t'arrête pas au banal petit lit blanc, mais plutôt au judas de bois qui perce la cloison : c'est par là que pénètre, à l'aube, la chatte vagabonde ; elle choit sur mon lit, froide, blanche et légère comme une brassée de neige, et s'endort sur mes pieds...

Tu ne ris pas, petit compagnon blasé. Mais j'ai gardé, pour te conquérir, le jardin. Dès que j'ouvre la porte usée, dès que les deux marches branlantes ont remué sous nos pieds, ne sens-tu pas cette odeur de terre de feuilles de noyer, de chrysanthèmes et de fumée ? Tu flaires comme un chien novice, tu frissonnes... L'odeur amère d'un jardin de novembre, le saisissant silence dominical des bois d'où se sont retirés le bûcheron et la charrette, la route forestière détrempée où roule mollement une vague de brouillard, tout cela est à nous jusqu'au soir, si tu veux, puisque c'est dimanche.

Mais peut-être préféreras-tu mon dernier royaume et le plus hanté : l'antique fenil, voûté comme une église. Respire avec moi la poussière flottante du vieux foin, encore embaumée, excitante comme un tabac fin. Nos éternuements aigus vont émouvoir un peuple argenté de rats, de chats minces à demi sauvages ; des chauves-souris vont voler, un instant, dans le rayon de jour bleu qui fend, du plafond au sol, l'ombre veloutée… C'est à présent qu'il faut serrer ma main et réfugier, sous mes longs cheveux, ta tête lisse et noire de chaton bien léché…

Tu m'entends encore ? Non, tu dors. Je veux bien garder ta lourde tête sur mon bras et t'écouter dormir. Mais je suis un peu jalouse. Parce qu'il me semble, à te voir insensible et les yeux clos, que tu es resté là-bas, dans un très vieux jardin de mon pays, et que ta main serre la rude petite main d'une enfant qui me ressemble…

J'AI CHAUD

Ne me touche pas ! j'ai chaud... Écarte-toi de moi ! Mais ne reste pas ainsi debout sur le seuil : tu arrêtes, tu me voles le faible souffle qui bat de la fenêtre à la porte, comme un lourd oiseau prisonnier...

J'ai chaud... Je ne dors pas. Je regarde l'air noir de ma chambre close, où chemine un râteau d'or, aux dents égales, qui peigne lentement, lentement, l'herbe rase du tapis. Quand l'ombre rayée de la persienne atteindra le lit, je me lèverai — peut-être... Jusqu'à cette heure-là, j'ai chaud.

J'ai chaud. La chaleur m'occupe comme une maladie et comme un jeu. Elle suffit à remplir toutes les heures du jour et de la nuit. Je ne parle que d'elle ; je me plains d'elle avec passion et douceur, comme d'une caresse impitoyable. C'est elle — regarde ! — qui m'a fait cette marque vive au menton, et cette joue giflée, et mes mains ne peuvent quitter les gantelets, couleur de pain roux, qu'elle peignit sur ma peau. Et cette poignée de grains d'or, tout brûlants, qui m'a sablé le visage, c'est elle, c'est encore elle...

Non, ne descends pas au jardin ; tu me fatigues. Le gravier va craquer sous tes pas, et je croirai que tu écrases un lit de petites braises. Laisse ! que j'entende le jet d'eau qui gicle maigre et va tarir et le halètement de la chienne couchée sur la pierre chaude. Ne bouge pas ! Depuis ce matin je guette, sous les feuilles évanouies de l'aristoloche, qui pendent comme des peaux, l'éveil du premier souffle de vent. Ah ! j'ai chaud ! Ah ! entendre, autour de notre maison, le bruit soyeux, d'éventail ouvert et refermé, d'un pigeon qui vole !

Je n'aime déjà plus le drap fin et froissé, si frais tout à l'heure à mes talons nus, Mais, au fond de ma chambre, il y a un miroir, tout bleu d'ombre, tout troublé de reflets...

Quelle eau tentante et froide !

Imagine, à t'y mirer, l'eau des étangs de mon pays ! Ils dorment ainsi sous l'été, tièdes ici, glacés là par la fusée d'une source profonde. Ils sont opaques et bleuâtres, perfidement peuplés, et la couleuvre d'eau s'y enlace à la tige longue des nénuphars et des sagittaires... Ils sentent le jonc, la vase musquée, le chanvre vert... Rends-moi leur fraîcheur, leur brouillard où se berce la fièvre, rends-moi leur frisson, — j'ai si chaud...

Ou bien donne-moi — mais tu ne voudras pas ! — un tout petit morceau de glace, dans le creux de l'oreille, et un autre là, sur mon bras, à la saignée... Tu ne veux pas ? tu me laisses désirer en vain, tu me fatigues...

Regarde, à présent, si la couleur du jour commence à changer, si les raies éblouissantes des persiennes deviennent bleues en bas, orangées en haut ? Penche-toi sur le jardin, raconte-moi la chaleur comme on raconte une catastrophe !

Le marronnier va mourir, dis ? Il tend vers le ciel des feuilles frites, couleur d'écaille jaspée... Et rien ne pourra sauver les roses, saisies par la flamme avant d'éclore... Des roses... des roses mouillées, gonflées de pluie nocturne, froides à embrasser...

Ah ! quitte la fenêtre ! reviens ! trompe ma langueur en me parlant de fleurs penchées sous la pluie ! Trompe-moi, dis que l'orage, là-bas, enfle un dos violet, dis-moi que le vent, rampant, se dresse soudain contre la maison, en rebroussant la vigne et la glycine, dis que les premières gouttes plombées vont entrer, obliques, par la fenêtre ouverte !

Je les boirai sur mes mains, j'y goûterai la poussière des routes lointaines, la fumée du nuage bas qui crève sur la ville...

Souviens-toi du dernier orage, de l'eau amère qui chargeait les beaux soucis, de ta pluie sucrée que pleurait le chèvrefeuille, et de la chevelure du fenouil, poudrée d'argent, où nous sucions en mille gouttelettes la saveur d'une absinthe fine !...

Encore, encore ! j'ai si chaud ! Rappelle-moi le mercure vivace qui roule au creux des capucines quand l'averse s'éloigne, et sur la menthe pelucheuse... Évoque la rosée, la brise haute qui couche les cimes des arbres et ne touche pas mes cheveux... Évoque la mare cernée de moustiques et la ronde des rainettes... Oh ! je voudrais, sur chaque main, le ventre froid d'une petite grenouille !... J'ai chaud, si tu savais... Parle encore...

Parle encore, guéris ma fièvre ! Crée pour moi l'automne : donne-moi, d'avance, le raisin froid qu'on cueille à l'aube, et les dernières fraises d'octobre, mûres d'un seul côté... Oui, il me faudrait, pour l'écraser dans mes mains sèches, une grappe de raisins oubliée sur la treille, un peu ridés de gelée... Si tu amenais, auprès de moi, deux beaux chiens au nez très frais ? Tu vois, je suis toute malade, je divague.

Ne me quitte pas ! assieds-toi, et lis-moi le conte qui commence par : « La princesse avait vu le jour dans un pays où la neige ne découvre jamais la terre, et son palais était fait de glace et de givre... » De givre, tu entends ? de givre !... Quand je répète ce mot scintillant, il me semble que je mords dans une pelote de neige crissante, une belle pomme d'hiver façonnée par mes mains... Ah ! j'ai chaud !...

J'ai chaud, mais... quelque chose a remué dans l'air... Est-ce seulement cette guêpe blonde ? Annonce-t-elle la fin de ce long jour ? Je m'abandonne à toi. Appelle sur moi le nuage, le soir, le sommeil. Tes doigts sous ma nuque y démêlent un moite désordre de cheveux...

Penche-toi, évente, de ton souffle, mes narines, et presse, contre mes dents, le sang acide de la groseille que tu mords... Je ne murmure presque plus, et tu ne saurais dire si c'est d'aise... Ne t'en va pas si je dors : je feindrai d'ignorer que tu baises mes poignets et mes bras, rafraîchis, emperlés comme le col des alcarazas bruns...

RÉPIT

« On t'a dit qu'en ton absence je vivais seule, farouche et fidèle, avec un air d'impatience et d'attente ?... Ne le crois pas. Je ne suis ni seule, ni fidèle. Et ce n'est pas toi que j'attends.

« Ne t'irrite pas ! Lis cette lettre jusqu'au bout. J'aime te braver quand tu es loin, quand tu ne peux rien contre moi, que serrer tes poings et briser un vase... J'aime te braver sans péril, et te voir à travers la distance, tout petit, courroucé et inoffensif : tu es le dogue, et moi le chat en haut de l'arbre...

« Je ne t'attends pas. On t'a dit que j'ouvrais hâtivement ma fenêtre, dès le lever du soleil, comme au jour où tu marchais dans l'allée, chassant devant toi, jusqu'à mon balcon, ton ombre longue ? On t'a menti. Si j'ai quitté mon lit, pâle, un peu égarée de sommeil, ce n'est pas que l'écho de ton pas m'appelât... Qu'elle est belle, l'allée blonde et vide ! Nulle branche morte, nul fétu n'arrête mon regard qui s'y élance, et la barre bleue de ton ombre ne chemine plus sur le sable pur, qu'ont seules gaufré les petites serres des oiseaux.

« J'attendais seulement... cette heure-là, la première du jour, la mienne, celle que je ne partage avec personne. Je t'y laissais mordre juste le temps de t'accueillir, de te reprendre la fraîcheur, la rosée de ta course à travers les champs, et de refermer sur nous mes persiennes...

Maintenant, l'aube est à moi seule, et seule je la savoure rose, emperlée, comme un fruit intact qu'ont dédaigné les hommes. C'est pour elle que je quitte mon sommeil, et mon rêve qui parfois t'appartient... Tu vois ? Éveillée à peine, je te quitte, et pour te trahir...

« T'a-t-on redit aussi que je descendais pieds nus, vers midi, jusqu'à la mer ? On m'a épiée, n'est-ce pas ? On t'a vanté ma solitude hostile, et la muette promenade sans but de mes pas sur la plage ; on a plaint mon visage penché, puis soudain guetteur, tendu vers... vers quoi ? Vers qui ?... Oh ! si tu avais pu entendre ! Je viens de rire, de rire comme jamais tu ne m'entends rire ! C'est qu'il n'y a plus, sur la plage lissée par la vague, la moindre trace de tes jeux, de tes bonds, de ta jeune violence, il n'y a plus tes cris dans le vent, et ton élan de nageur ne brise plus la volute harmonieuse de la lame qui se dresse, s'incline, s'enroule comme une verte feuille transparente, et fond à mes pieds...

« T'attendre, te chercher ? Pas ici, où rien ne se souvient de toi. La mer ne berce point de barque ; la mouette qui pêchait, agrippée au flot et battant des ailes, s'est envolée. Le rocher rougeâtre, en forme de lion, se prolonge, violet, sous l'eau qui l'assaille. Se peut-il que tu aies dompté, sous ton talon nu, ce lion taciturne ? Ce sable, qui craque en séchant comme une soie échauffée, tu l'as foulé, fouillé ; il a bu sur toi ton parfum et le sel de la mer ? Je me répète tout cela, en marchant à midi sur la plage et je penche la tête, incrédule. Mais, parfois, je me retourne aussi, et je guette — comme les enfants qui s'effraient d'une histoire qu'ils inventent : — non, non, tu n'es pas là, — j'ai eu peur. Je croyais tout à coup te trouver là, avec ton air de vouloir me voler mes pensées... J'ai eu peur.

« Il n'y a rien — rien que la plage lisse qui grésille comme sous une flamme invisible, rien que les équilles de nacre qui percent le sable, sautent, repiquent du nez, ressortent, et cousent la grève de mille lacets étincelants et rompus... Il n'est que midi. Je n'ai pas fini de t'offenser, absent ! Je cours vers la salle sombre, où le jour bleu se mire dans la table cirée, dans l'armoire à panse brune ; sa fraîcheur sent la cave et le fruitier, à cause du cidre qui mousse dans la cruche et d'une poignée de fraises au creux d'une feuille de chou...

« Un seul couvert. L'autre côté de la table, en face de moi, luit comme une flaque. Je n'y jetterai pas la rose, tu sais ? que tu trouvais chaque matin, tiède, dans ton assiette. Je l'épingle à mon corsage, très haut, près de l'épaule, et je n'ai qu'à tourner un peu la tête pour m'y caresser les lèvres... Comme la fenêtre est large ! Tu me la masquais à demi, et je n'avais jamais vu, jusqu'à présent, l'envers mauve, presque blanc, des fleurs de clématite, pendantes...

« Je chantonne tout doucement, tout doucement, pour moi seule... La plus grosse fraise, la plus noire cerise, ce n'est pas dans ta bouche, mais dans la mienne qu'elles fondent, délicieuses... Tu les convoitais si fort que je te les offrais, non par tendresse, mais par une sorte de pudeur civilisée...

« Tout l'après-midi est devant moi comme une terrasse inclinée, rayonnante en haut et qui plonge, là-bas, dans le soir indistinct, couleur d'étang. C'est l'heure, te l'a-t-on dit ? où je m'enferme. Réclusion jalouse, n'est-ce pas ? Méditation voluptueuse et triste d'une amante solitaire ?... Qu'en sais-tu ? Quels noms donner aux fantômes que je choie, quels conseillers me pressent, et pourrais-tu jurer que mon rêve a les traits de ton visage ?... Doute de moi ! Doute de moi, toi qui as pu surprendre mes pleurs, et mon rire, toi que je frustre à tout moment, toi que je baise en te nommant tout bas : « Étranger... »

« Jusqu'au soir, je te trahis ! Mais, à la nuit, je te donne rendez-vous, et la pleine lune me retrouve au pied de l'arbre où délirait un rossignol, si enivré de son chant qu'il n'entendit ni nos pas, ni nos souffles, ni nos paroles mêlées... Aucun de mes jours ne ressemble au jour d'avant, mais une nuit de pleine lune est divinement pareille à une autre nuit de pleine lune...

« À travers l'espace, par-dessus la mer et les montagnes, ton esprit vole-t-il au rendez-vous que je lui donne, auprès de l'arbre ? J'y reviens, comme je l'ai promis, chancelante, car ma tête renversée cherche en vain le bras qui la soutenait... Je t'appelle — parce que je sais que tu ne viendras pas. Sous mes paupières fermées, je joue avec ton image, j'adoucis la couleur de ton regard, le son de ta voix, je taille à mon gré ta chevelure, et j'affine ta bouche, et je t'invente subtil, enjoué, indulgent et tendre — je te change, je te corrige...

« Je te change... Peu à peu, et tout entier, et jusqu'au nom que tu portes... Et puis je m'en vais, furtive, honteuse, légère, comme si, entrée avec toi sous l'ombre de l'arbre, j'en sortais avec un inconnu... »

MALADE

Comme chaque matin, une mince colonne lilas, une tige de lumière, debout, divise l'obscurité de la chambre. Elle s'étire, coupante, contre le fond brodé et sombre de mon rêve, un rêve de jardins à lourdes verdures, à feuillages bleus comme ceux des tapisseries, qui murmuraient pesamment sous un vent chaud... Je referme les yeux, avec l'espoir de joindre, par-dessus la hampe lumineuse, les deux panneaux somptueux de mon rêve. Une douleur précise, à la place des sourcils, m'éveille tout à fait. Mais le murmure orageux des feuillages bleus persiste dans mes oreilles.

J'atteins la lampe, qui éclôt de l'ombre comme une courge rosée, traînant après elle ses vrilles sèches en fils de soie...

Le battement douloureux persiste, là, derrière les sourcils. J'avale péniblement ; quelque chose comme une petite arbouse râpeuse enfle dans ma gorge, et je ferme les mains, je cache mes ongles, pour éviter le contact des draps.

Froid, chaud — frissons... Malade ? Oui. Décidément, oui. Pas très malade — juste assez. J'éteins la lampe, et le tube lumineux, d'un bleu glacé qui rafraîchit ma fièvre, monte de nouveau entre les rideaux. Il est six heures.

Malade... Oh ! oui, enfin malade. Un peu de grippe, sans doute ? Je referme les yeux, et j'attends le commencement de cette journée comme si c'était ma fête. Toute une longue journée de faiblesse, de demi-sommeil, de caprices respectés, de diète gourmande ! J'appelle déjà le parfum, autour de mon lit, de l'eau de Cologne citronnée — il y aura aussi, quand j'aurai faim, l'odeur du lait chaud vanillé, et de la pomme échaudée givrée de sucre...

Faut-il attendre que la maison s'éveille ? Ou bien sonnerai-je, pour qu'on se hâte et qu'on s'effare, avec des bruits de mules claquantes dans l'escalier, des « Mon Dieu ! » et des « Cela devait arriver, la grippe court... » Mieux vaut attendre, en guettant le jour qui grandit, le tapis qui s'éclaire et pâlit comme une mare... J'entends, mais vaguement, le roulement des voitures et les sonnailles des bouteilles pendues aux doigts du laitier... Le son profond d'une timbale grave, battue légèrement et régulièrement, assourdit mes oreilles et me sépare des bruits de la rue ; c'est la monotone, l'agréable pédale de ma fièvre. Loin de chercher à m'en distraire, je la cultive, je la détaille, j'accommode à son rythme des airs faciles, des chansons de mon enfance... Ah ! voici que, portée en musique vers les jardins que quitta mon songe, j'entrevois de nouveau les lourds feuillages bleus...

« ... Quoi ? que voulez-vous ? Je dormais... Oui, vous voyez, je suis malade... Si, si, vraiment malade ! Non, je ne veux rien, sinon que vous n'entriez pas tous à la fois dans ma chambre... Et ne touchez pas aux rideaux — oh ! la grossièreté des gens bien portants ! Avez-vous fini de les ouvrir et refermer et d'agiter de grands drapeaux de clarté qui refroidissent toute la pièce ?

« Donnez-moi seulement... un verre d'eau glacée : je veux un verre tout uni, un gobelet sans défaut et sans parure, mince, plaisant aux lèvres et à la langue, plein d'une eau dansante et qui semble, à cause du plateau d'argent, un peu bleue — j'ai soif...

« Non ? Vous refusez ? Eh ! qu'ai-je à faire, moi fiévreuse, moi brûlante, de votre tisane qui sent le linge bouilli et le vieux bouquet ? Disparaissez tous ! Je vous déteste. Je défends qu'on m'embrasse avec des nez froids, qu'on me touche avec des mains de gouvernante matinale, honnêtes et gercées...

« Allez-vous-en ! Toute seule, je goûte mieux l'agrément morose, délicat, d'être malade. Je me sens, aujourd'hui, si supérieure à vous tous ! Des yeux fins, blessés, amoureux des lumières douces et des reflets étouffés — des oreilles sensibles, mobiles sous mes cheveux, inquiètes de tout bruit — une peau intelligente assez pour percevoir les défauts de la toile fine qui la couvre — et ce miraculeux odorat qui invente à son gré, dans la chambre, l'arome de la fleur d'oranger ou des bananes meurtries, ou du melon musqué, trop mûr, qui va se fendre et répandre une eau sanguine...

« Il me semble que, derrière la porte, vous devez être un peu envieux, vous qui ne savez pas jouer, comme je fais, avec le soleil de novembre qui coule lentement sur le toit, là-bas, au bout du jardin, avec la branche que chaque souffle incline et qui trempe, chaque fois, le bout de ses feuilles rouillées dans un vif rayon... Elle se relève, et la voilà rose... Violet, rose... Rose, violet... Violet-bleu, comme les feuillages de mon rêve... Ils ne sont pas si loin, les feuillages bleus, puisque leur murmure marin emplit mes oreilles ; aurai-je le temps, cette fois, d'habiter leurs ombrages ?...

« ... Qui est là ? Qu'y a-t-il ? Je dormais... Pourquoi me laisse-t-on seule ? Depuis combien de temps m'abandonnez-vous sans force pour appeler ? Venez, secourez-moi... Oh ! vous ne m'aimez pas... Qui donc a mis près de mon visage, pendant mon sommeil, ce bouquet de violettes ? Donnez, que je le touche... Qu'il est vivant, et froid, et délicieux aux lèvres !... Oui, je sais, le trottoir était sec et bleu, mes chiens ont couru devant vous dans l'allée du Bois, ils happaient les feuilles en rafale... Je suis jalouse... Ne me regardez pas : je voudrais être petite pour pleurer sans honte. Je n'aime plus être malade. Je suis sage : je boirai la potion amère, la tisane aussi. Je ne jetterai plus mes bras hors des couvertures...

« Que la journée est longue ! Est-ce l'heure, enfin, d'allumer les lampes ? N'essayez pas de mentir : j'entendrai bien les enfants courir et crier en quittant l'école, et les galoches de la porteuse de pain, qui vient à cinq heures...

« Dites, resteriez-vous ainsi fidèles auprès de moi, indulgents et grondeurs, si j'étais longtemps, longtemps malade ? Ou bien si j'étais vieille tout d'un coup, et prisonnière comme sont les vieilles gens ?

Cela fait trembler, quand on y pense… Cela fait trembler… Pourquoi croyez-vous que c'est de fièvre que je tremble ? Je tremble parce que c'est la mauvaise heure, entre chien et loup… Vite ! allumez la lampe, et que sa lueur éloigne le chien fantôme et le loup revenant…

« Vous voyez, maintenant, je ne frissonne plus, depuis qu'elle brille toute ronde, énorme et rose, comme une coloquinte à l'écorce brodée… Le beau fruit, et de quel jardin fabuleux ! Il tient encore à ses vrilles arrachées, traînantes sur la table, et peut-être qu'en fermant les yeux… attendez, oui, je vois la branche qui portait le fruit, et voici l'arbre après la branche, l'arbre bleu, enfin, enfin ! et tout le jardin sombre, accablé de vent chaud, murmurant d'eau et de feuilles, le jardin de mon rêve, dont je demeure, depuis cette nuit, altérée… »

QUATRE-SAISONS

CADEAUX DE NOËL

Évocateurs de souci plus que de promesse, ils brillent, ces trois mots, fleur de givre tremblante au-dessus d'un porche assez sombre, qui va s'ouvrir... Avouons-le : nous qui donnons et ne recevons plus guère, nous, parents, nous, amis mûrs, nous nous sentons agités d'une anxiété annuelle. Il y a de quoi. Le moins exigeant de nos pupilles, le plus jeune de nos enfants bornera peut-être ses souhaits à une bicyclette ! C'est une terrible époque que la nôtre. Le bébé zézayant convoite un appareil de prise de vues. « Tu sais, ma cinq chevaux, elle se fait attendre ! » nous confie la première communiante. « Qu'est-ce que tu veux pour tes étrennes ? » demandait un parrain à sa filleule de huit ans. Elle leva sur lui des yeux bleus tout neufs qui semblaient découvrir le monde et répondit avec simplicité : « Une chambre à coucher, la mienne est usée. »

Je connais des parents qui soupirent, déconcertés, devant une progéniture qui à dix ans réclame une fourrure, à douze ans une auto, à quinze un fil de petites perles. Scrupuleux, ils s'interrogent, cherchant les responsables de cette maturité précoce qui ressemble à une perversion. « De notre temps... »

J'opine du front par politesse. Mais je ne sais rien de « leur » temps, ni eux du mien. Je sais que pour moi « Jour de l'An » ne se traduisait pas par les mots cadeaux, visites, magasins, souhaits sans ferveur et poches vides...

Vides, elles l'étaient quasi, les poches et les mains de qui me venaient pourtant toutes grâces et toutes libéralités. Mais elles accomplissaient des miracles à leur portée. L'aube du premier janvier, rouge au ras de la neige, n'était pas née que les cent livres de pain, cuites pour les pauvres, tiédissaient la cuisine carrelée de ma maison natale, et les cent décimes de bronze sonnaient dans une corbeille. Une livre de pain, un décime, nos pauvres d'autrefois, modestes, s'en allaient contents, et me saluaient par mon nom de petite fille. Debout, juchée sur mes sabots et grave, je distribuais le pain taillé, les gros sous ; je flairais sur mes mains l'apéritive odeur de la miche fraîche ; à la dérobée je léchais, sur le ventre en bouclier d'un pain de douze livres, sa fleur de farine. Fidèlement, l'odeur du pain frais accompagne, dans mon souvenir, le cri des coqs sous la barre rouge de l'aube, en plein hiver, et la variation de baguettes jouée par le tambour-de-ville devant le perron, pour mon père. Qu'il est chaud à mon cœur, encore, ce souvenir d'une fête glacée, sans autres cadeaux que quelques bonbons, des mandarines en chemises d'argent, un livre... La veille au soir, un gâteau traditionnel, servi vers dix heures, saucé d'une brûlante sauce de rhum et d'abricot, une tasse de thé chinois, pâle et embaumé, avaient autorisé la veillée. Feu claquant et dansant, volumes épars, soupirs des chiens endormis, rares paroles, — où donc mon cœur et celui des miens puisait-il sa joie ? Et comment le transmettre, ce bonheur sans éclats, ce bonheur à flamme sourde, à nos enfants d'aujourd'hui ? Qui donc les a faits avides et blasés comme ils sont ? La vie nouvelle, l'âpre époque, et nous-mêmes... Nous-mêmes, car notre culpabilité date de notre première négligence, de la première honte qui la suivit et du fond de nous protesta : « Dans le moment où tu devais à ton enfant ta présence, ton conseil, ton secours intelligent, tu as masqué ta défaillance par un cadeau, quand il fallait payer de toi-même... Et puis, tu as recommencé... »

C'est une façon de nous sentir, à bon compte, supérieurs aux générations les plus jeunes, que de hocher la tête et de constater : « À l'âge de ces bambins, nous nous réjouissions d'un rien, d'un gâteau toujours le même, d'un petit arbre toujours le même, d'un naïf protocole d'effusions et de souhaits, toujours le même... »

Eh oui, toujours le même. Qui nous demandait de changer ? L'enfant craint, par sentimentalité et principe du moindre effort, tout ce qui porte atteinte à un souvenir défini, à une image dont son implacable mémoire retient et caresse chaque détail. Dans le gâteau annuel, tavelé de raisins, ne recherchais-je pas autrefois, d'une langue experte, la saveur exacte du gâteau de l'an passé ? N'appelais-je pas au secours de mes facultés gustatives les couleurs constantes du tapis et de l'abat-jour, le piaulement de la bise d'Est sous la porte, l'odeur d'un beau tome neuf, le grain de son cartonnage un peu poisseux ?

Joie des cinq sens ! De telles délices, qu'on nommerait païennes, créent une religion domestique, et l'âme se chauffe à la plus petite flamme, si la petite flamme persévère. Autour de vos visages qu'ils ne voient pas vieillir, groupez à Noël, parents, pour vos petits encore trébuchants, un décor auquel le temps ne touchera presque pas. Peu importe que le faste y manque. Mais les lumières de la fête se feront rituelles, et les fleurs ou le houx, et aussi un peu les paroles qui le reste de l'an évoqueront Noël, ou le réveillon du 31 janvier. Il n'y a pas qu'aux vieillards que la chute du temps dans l'invisible et l'irrévocable semble poignante. L'émotion d'un enfant, lorsqu'on lui restitue une image de son court passé, ne dépend ni de la surprise, ni de l'émerveillement. Il chérit ce qu'il connaît déjà, préfère ce qu'il reconnaît, et le chante en lui-même, au rythme d'une poésie spontanée.

Voilà bien de la froide diplomatie, dirait-on, et des approches circonspectes, pour surprendre ceux de nos petits qui se montrent, au goût du jour, ennuyés, dédaigneux d'offrandes ordinaires. C'est folie que de les vouloir contenter, en les comblant. L'essai du refrènement, du retour à une conception délicate des fêtes anniversaires, est un exercice noble. Moniteurs pénitents, nous ne perdrons pourtant pas de vue qu'une telle gymnastique sentimentale, à l'image de toutes les gymnastiques, entraîne le moniteur autant que l'élève.

VISITES

Terreur de mon enfance, souci, malaise de mon temps de jeune femme, visites ! Visites de noces, de digestion, de condoléances, de félicitations, visites, surtout, de jour de l'an !... Le total des heures que je vous consacrai dépasse-t-il la durée d'une vie de vieux papillon : quarante jours ? Je ne le crois pas. Je n'entends point, par un si bref purgatoire, payer tous mes péchés.

Il faut encourager, chez l'enfant, le désir et le besoin de la sociabilité. Où les eussé-je pris, ce besoin, ce désir ? Une enfance heureuse prépare mal aux contacts humains, et la mienne se sustentait pleinement entre des proches tendres, un peu fantasques, riches d'eux-mêmes, d'une farouche délicatesse. La sonnette grêle, au perron de ma maison natale, annonçait l'assaillant, — la Visite ! — et dispersait jusqu'aux chats. Mes frères s'égaillaient comme des Chouans, avec une connaissance profonde du terrain de fuite et des abris agrestes, et je les suivais. Ma mère riait : « Petits sauvages ! » et mirait en nous, secrètement approbatrice, sa propre sauvagerie naturelle... Elle ne savait pas qu'il n'y a plus de jungle pour les enfants des hommes, et qu'avant le plaisir, au travers des chagrins, au-dessus des drames intimes et du travail, il y a le rite, la religion, le devoir de la Visite. Je l'appris tard. Je l'appris à un âge où rien ne pouvait plus brûler, en moi, d'une foi protocolaire. Pouvait-elle durer, ma patience à visiter deux tantes Marie, quelques parentes Henriette âgées, et ces familles l'une à l'autre alliées, l'une à l'autre pareilles, dont l'une vers l'autre m'entraînait, saisie d'une sorte de vertige pusillanime qui procédait de la crainte, de la fatigue, du vide de l'estomac ?

Les premiers janvier de Paris ne bénéficient pas souvent d'un climat indulgent. La pluie mêlée de neige, un dégel plus pénétrant que le gel, une ondée brusque, en minces flaques tôt vitrées de glace mince, ajoutaient à la tristesse de ce jour de fête. Et je n'osais pas, très jeune mariée, rompre avec les us d'une belle-famille dont la douceur, ensemble, et la haute moralité offraient, à ma jeune force et à ma curiosité de vivre, un de ces garde-fous qui provoquent au suicide. Je marchais, de visite en visite, tout le long du mortel jour, avec l'âme égarée des prisonniers. Sur une route jalonnée de gâteaux secs, de tasses de thé et de femmes vêtues en noir, je croisais des belles-sœurs aguerries, des cousines battant Paris depuis le Passage des Eaux jusqu'au Grand-Montrouge, des nièces bosselées d'engelures et des oncles par alliance, frères âgés dont l'un ne mourait pas sans que je me trompasse de défunt... Je rencontrais aussi des enfants policés et mornes, accoutumés à sacrifier, sans mot dire, leur journée de congé, leur après-midi de lecture gloutonne, de stoïques enfants qui eussent cédé, du même front dur et soumis, leur place en omnibus ou leur part de paradis. Leur endurance ne m'abusait guère. Un collégien malchanceux au collège, ou brimé, lègue, à l'homme qu'il devient, ses phobies de collégien, ses songes régressifs qui l'éveillent, la nuit, au plus tragique d'un rêve de bachot, d'un pensum-cauchemar. Déjà, en ce temps vieux de vingt années, j'aurais voulu, imitant auprès de ces adolescents mal employés la sage marquise qui conseillait à son petit-fils : « Ne commets que les bêtises qui te font réellement plaisir », j'aurais voulu leur dire : « N'accomplissez que les devoirs qui ont un sens. Puisez ici même l'envie et le ferme dessein de visiter vos amis quand une mutuelle affection vous y pousse. Ce jour-ci ne connaît plus le faste, ni la sincérité. Il n'a même pas le brin de houx, la perle de gui, parures païennes de Noël, ni la bûche arrosée d'alcool... Il manque de tout, et même de ce froid net, durable, ouaté de neige, ce froid, si j'ose écrire, qui tient chaud, qui incite au rire, à la glissade, au jeu, ce froid tapissé, assourdi et blanc qui fait plus jaune l'orange, plus roses la joue des enfants et le sac de satin rose, plus cordiale une grosse main tendue, quémandeuse dans sa mitaine. Votre souhait honteux, vindicatif, n'erre plus de porte en porte en claquant joyeusement des galoches ; il s'embusque et attend qu'on lui paie sa dîme... En vérité, mes pauvres enfants, ce jour est pauvre et sent l'argent, ayant perdu sa bonne odeur de frairie... »

Ces enfants d'autrefois n'ont jamais entendu ce qu'*in petto* je leur prêchais. Ma fille aujourd'hui rayonne, à douze ans, d'une sociabilité mondaine point entravée, et c'est elle qui m'enseigne que la créature humaine ne s'obstine à rien autant qu'à un devoir imaginaire. D'ailleurs, je sais ce que vaut l'intransigeance des novateurs, quand les réformes qu'ils tentent visent la puérilité de nos us et coutumes. Je le sais, depuis qu'un mien cousin laissa chez moi une carte de visite qui portait, gravés, ces mots :

Raphaël Landoy
Vice-Président de la Ligue
contre l'usage de la carte de visite

PRINTEMPS DE DEMAIN

En Janvier, la rose safranée grimpe aux poutrelles des pergolas monégasques, assaille le palmier niçois, se hausse vers la lumière, tourne son visage vers le soleil et déploie, en un moment, une corolle dont la couleur ambrée, camée, et le désordre parfumé sont inimitables... « Voilà, dit cette annonciatrice hardie, voilà comment Paris portera la rose... dans quatre mois ! »

Dès décembre, les premières robes blanches, épanouies en bordure des gazons verts de la Riviera, montrent quelque arrogance : « Voyez cette taille, longue comme un jour de pluie, ce volant enfantin que l'on nomme plaisamment jupe, ce tuyau d'étoffe sans inflexion ni ceinture, et ce chapeau dépourvu de bords qui ne protège ni le teint ni les yeux : voilà ce dont Paris va s'engouer, le printemps venu. Nous sommes blanches, ici. Mais Paris nous verra bigarrées. Nous ressemblons aux maquettes que les créateurs de modèles, les dessinateurs de costumes des grandes Revues livrent « en blanc », c'est bien le cas de le dire, à la fantaisie des coloristes. Mais tout le printemps de la mode est déjà en nous. Blanches, telle une vierge dans son sommeil, nous n'attendons que le réveil de la terre pour prendre les couleurs du bourgeon, de la pâquerette jaune, de la gentiane bleue et de l'églantine enflammée. »

Je les regarde passer, les blancs cocons de lin, de soie molle, de laine sans tache, de kasha candide, et je soupire. Une année de mode commence, fatale encore aux femmes que la nature pourvut de reliefs précis. L'espèce en devient rare, c'est vrai. Mais elle a la vie dure, — j'en sais quelque chose. Hélas, ce n'est pas moi qui pourrai jamais, — comme fit au restaurant une élégante qui venait de tacher, d'une gouttelette de sauce, sa robe de neige, — courir au lavabo, et revenir triomphante, immaculée — du moins de face, car elle avait simplement tourné sa robe sens devant derrière...

Oui, le printemps, en matière de modes, s'annonce plat et court. Un printemps pour femmes debout, posées comme un svelte candélabre au coin d'un massif, jaillies d'une pelouse comme un jet d'eau, accotées à une balustrade, comme un balustre moins renflé que les autres. Footing, golf, tennis, vous serez à l'honneur plus que jamais ; nous ne verrons que Dianes légères et jamais assises, pour cause. Qu'elle s'asseyent, et leur courte, étroite, gentille et misérable petite jupe remonte au delà du possible, sur des bas auxquels un caprice rigoureux impose la nuance exacte des anciennes poupées de son. Qu'elles s'asseyent, et les voilà, je ne dirai point gênées, mais parfois gênantes. Cependant, la plupart sont pures d'arrière-pensée, accoutumées à leur nudité partielle, paisibles autant que nos enfants demi-nus, et elles ne baissent ni l'ourlet de leur jupe ni leurs paupières. Autrefois, une femme montrait sa jambe parce que la jambe était jolie, — elle la cachait pour le même motif. Aujourd'hui, la jambe prolonge, achève avec indifférence l'arrangement vestimentaire ; au-dessous de trente centimètres de jupe visible, le couturier exige trente centimètres visibles de jambes, rien de plus, rien de moins ; il ne vous demande pas, femmes, votre avis, et peu importe que ces trente derniers centimètres soient bâtons, fuseaux, piliers, montés sur bateaux, sur pieds de biche ou sur tartines insipides.

Court, plat, géométrique, quadrangulaire, le vêtement féminin s'établit sur des gabarits qui dépendent du parallélogramme, et 1925 ne saluera pas le retour de la mode à courbes suaves, du sein arrogant, de la savoureuse hanche. Un aventureux couturier apporte en France une demi-douzaine de mannequins américains, qui ne vont point arranger vos affaires, doubles ponettes françaises, latines râblées dures à la fatigue, rebelles à la maladie. Cette escouade d'archanges va, d'un vol chaste que nulle chair ne retarde, entraîner la mode vers une ligne toujours plus svelte, vers un vêtement encore simplifié dans sa construction, taillé d'un seul coup de ciseaux dans une matière magnifique…

Le temps n'est peut-être pas très loin où la grande couture, créatrice d'une sorte d'indigence fastueuse, s'effraiera de son œuvre. Elle fait la part belle à toute main capable de prélever, sur deux aunes de tissu, un rectangle double percé de deux manches sur lequel le brodeur, le tisseur, voire le peintre, s'évertuent après. Chaque fois que la couture a créé un type rigoureux, et si proche de l'uniforme que seule la couleur, l'arabesque, la consistance y interviennent en manière d'insignes, elle a résigné à la légère une partie importante de ses prérogatives. Un certain excès de raffinement, procédant par élimination, précipite l'œuvre dans un péril que redoute le créateur justement jaloux : la facilité.

ADIEU À LA NEIGE

*L*e premier rideau de cyprès dressé devant le soleil levant, la première baie de Méditerranée enfoncée entre deux collines comme un fer de hache, le premier oranger et la première rose, nous leur offrons, dans le train qui nous prit à Paris la veille au soir, la facile conquête de notre coeur. Mais le soleil d'hiver connaît maintenant sa rivale : la neige pure, durable, bleue de réverbérer l'azur qui la baigne.

Ce n'est pas de longtemps que je la connais. Je ne sais pas encore me servir d'elle aussi bien que font ses enfants multicolores qui vont, l'éclair aux pieds, ou debout sur la double et pliante voltige, et qui jouent sur ses flancs, franchissent ses abîmes couleur de violette. J'ai mesuré son pouvoir dès les premières gorgées d'un air qui porte jusqu'à la base des poumons une menthe subtile et glaciale. La neige, un pays ? La neige, un climat ? Non, une planète. La convoitise du conquérant, sur elle, s'arrête et rêve. Sur la neige seulement les peuples se rencontrent, de nos jours, en toute sociabilité. Son tranquille chaos accueille l'étranger, qui y perd sa gourme, son chauvinisme, son âge d'homme. Car elle cache la terre, la terre dont l'homme ne peut toucher la vivante substance, respirer l'arôme, sans redevenir un pionnier féroce et sentimental.

Sur la neige seulement le sexagénaire et l'enfant peuvent s'asseoir sur les mêmes petits chars de bois, et s'abandonner aux pentes. Ils se sentent l'un à l'autre pareils, et croisent leurs sourires. Ils n'envient pas le bobsleigh, bolide empanaché de clameurs, qui passe en fauchant l'air entre ses deux fusées de glace hachée. L'espace aussi, et le versant vertigineux, appartient à la luge. Ses conducteurs manient deux rênes dont le petit char à patins se passerait bien. Mais devant tout meneur de char enchanté marche un coursier fantôme, et les deux bouts de la corde de luge assurément cravatent le col, brident la bouche d'une cavale de givre transparent, qui laisse derrière elle ses quarante-cinq kilomètres à l'heure. Ma cavale-fée savait bien qu'elle guidait une passagère attachée aux terrestres délices. Elle m'arrêtait, d'un tête-à-queue quotidien qui me jetait bas, juste au seuil d'un chalet où le hareng saur se boucanait dans la fumée du pin, où le fromage, dilué dans l'alcool et le vin bouillant, pleurait de lourdes larmes succulentes sur la rôtie. Un vin blanc, pâle et traître, versait à mon palais la température même du seau de neige où l'on calait la pinte de verre, et la poésie domestique, le lyrisme enfanté par la gourmandise, fumaient hors du coquemar grésillant et dans nos haleines bleues de montagnards bien nourris.

Royaume candide, précaire, éternel, ô neige ! Tu fais de l'homme un enfant gai, appliqué à sa consciencieuse oisiveté sportive. Tu as créé ce luxe : le devoir de s'amuser, le souci de vivre pour un corps qu'enrichit, que perfectionne chaque heure à toi consacrée, et qui, dans chaque chute, puise une force neuve. Tu vois tes fidèles quitter l'hôtel au petit jour, à l'heure où l'aube rapide laisse dormir le pied violacé des monts, mais découpe leur front comme dans un métal orangé, incandescent, qui taillade l'azur. Ils partent, leurs longues ailes de bois effilé liées sur une épaule et le double bâton dans la main. Ils sont sages et graves comme s'ils avaient tous dix ans.

Ils ont choisi la veille le but du lendemain, un point arbitraire et invisible : la corne d'une montagne ou bien un chalet perdu sous son auvent fourré de neige. Ici où là, qu'importe ? Ici ou là, pourvu que ce soit au prix d'un effort régulier, d'une gymnastique corporelle et mentale, pourvu qu'ils atteignent un moment d'exaltation mentale et corporelle, pourvu que, debout quelque part, très haut, contre le noir azur qui pèse sur les cimes, contraints d'ouvrir leurs bras et leur coeur pour étreindre leur éden, ils touchent à une félicité qu'ils ne raconteront pas.

Ils rentrent à midi, fumants de joie et de sueur saine, avec leur petite ombre d'un bleu vif couchée à leurs pieds. Ou bien ils ne reviennent que le soir, ralentis, muets, et leur mutisme semble plein de poésie parce qu'ils ne pensent plus à rien. Ils sont tes amants comblés, ô neige ! Ils n'ont possédé que toi, depuis le lever du jour, et tu leur suffis. Ils ont vu sous leurs pas diminuer le mont, grandir le paysage. À la halte, ils s'assirent sur un pan vierge de ta robe, et ils se tournaient de côté et d'autre à cause du soleil qui leur brûlait l'épaule. Cependant la faim les rendait creux et légers, et ils fouillèrent leurs poches. Ils mangèrent face au soleil, en recueillant les miettes pieusement. Puis ils lièrent à leurs pieds leurs ailes, et ils commencèrent leurs vols par-dessus les petites vallées. Parfois ils rayaient de grands cercles les champs immaculés. Selon leurs bonds, ils voyaient une contrée concave les quitter, revenir à eux, s'écarter encore... Leurs chutes les poudraient de nacre ; ils plongeaient tête première, dans des cratères de paillettes où le soleil mettait les sept couleurs d'Iris.

Ils ont lutté, entre eux, d'audace, de vitesse. Ils n'ont pas pourchassé ni tué le gibier innocent. Ils n'ont pas songé à l'amour des femmes, ni souhaité le bien du prochain. Car tu les aimes purs, tes amants, ô neige, et tu les purifies. La nuit, ils dorment d'un long sommeil d'enfants, et leurs songes eux-mêmes ne te trahissent pas. Ils te voient en rêve et, mieux que pendant la veille, ils volent. Par leur fenêtre grande ouverte ton silence entre librement, et rien ne bouge dans ton empire inaccessible au vent sinon le feu palpitant des étoiles. Ils dorment, oubliant pour quelques heures la passion qu'ils te vouent, et c'est toi quelquefois qui, jalouse de les rejoindre, descends effeuillée, tournoies indécise autour de leur repos, et verses à leur chevet un fondant hommage de flocons, une brassée de plumes, de fleurs, de joyaux immaculés que dissout, comme l'apport d'un songe, la première atteinte du jour.

MANNEQUINS

Deux hommes, cinq hommes, dix, vingt hommes... Je renonce à les compter. Ils viennent à cette solennité de la couture plus empressés qu'à une générale du boulevard. Ils font profession d' « adorer » ces défilés de robes, de jolies filles, de tissus que leur métrage, de plus en plus réduit, contraint à une magnificence sans cesse croissante. Ils confessent bien haut leur goût pour ces solennités vestimentaires que tout couturier coté organise avec un faste théâtral et religieux. Monsieur accompagne Madame aux « présentations », et Madame hoche le menton d'un air entendu : « Oui, oui, c'est pour regarder de près les mannequins ! » En quoi elle se trompe souvent. Car Monsieur est capable de deux ou trois sentiments purs, au nombre desquels est l'amour des couleurs, du mouvement, de la forme, et surtout de la nouveauté. Il y a beau temps que l'homme a perdu, chez le couturier, son embarras de grand garçon qu'on surprend à jouer aux billes, sa gaucherie de naufragé que la tempête a jeté dans l'Île des Femmes. Seul l'homme goûte aux défilés de modèles un plaisir complet, qui n'est pas gâté par la convoitise. Pendant que sa compagne, secrètement frénétique, renonce, le cœur en lambeaux, à une petite « création » de six mille francs, l'homme s'épanouit, se renseigne, note la taille basse de chez X..., le drapé de chez Z..., comme il retient les caractéristiques d'une école de peinture. Mieux que la femme, l'homme goûte un ensemble. Mieux que la femme il fait, en toute innocence, la part du mannequin. Tandis que la spectatrice, enfiévrée, se répète tout bas : « C'est celle-là, celle-là, cette robe-là, que je veux », le sage spectateur admire, hors d'un fourreau de bronze plus révélateur qu'un maillot, les cheveux de cuivre, la blancheur laiteuse du mannequin roux. Il sait que la tunique couleur d'absinthe et de clair de lune ne saurait quitter, sans déchoir, la jeune fille blonde parée d'une dignité de lévrier, coiffée d'une longue chevelure que le fer ni les ciseaux n'ont jamais offensée. Il comprend enfin qu'une grave mission est dévolue à celle que sa femme nomme, entre ses dents, « cette engeance », et lui fera-t-on un crime, s'il a envie de la robe, de vouloir parfois l'emporter telle que le couturier l'a conçue, c'est-à-dire sur les épaules de la rayonnante jeune femme dont il n'entend jamais la voix ?

Bref, l'homme se sent désormais chez lui, partout où s'élabore et s'exhibe le luxe féminin, et le plus récent snobisme l'y met à l'aise, car il rencontre, aux défilés de la couture, le peintre consacré par la mode, la femme du monde et son romancier, le parlementaire et son Égérie. De l'un à l'autre groupe, le mannequin glisse comme une longue navette étincelante, et jette les rets. Collaboratrice inquiétante, c'est au mannequin qu'aboutit un faisceau d'efforts dont personne ne méconnaît plus l'importance. Le public estime à sa valeur la tâche du tisseur, du modéliste, du coupeur, de la vendeuse, celle du couturier qui les dirige : arrivé au mannequin, il se réserve, rêve, admire ou suspecte. Parmi les formes modernisées de la plus luxueuse industrie, le mannequin, vestige d'une barbarie voluptueuse, est comme une proie chargée de butin. Elle est la conquête des regards sans frein, le vivant appât, la passive réalisation d'une idée. Sa profession ambiguë lui confère l'ambiguïté. Déjà son sexe, verbalement, est incertain. On dit « ce mannequin est charmante » et son travail consiste à simuler l'oisiveté. Une mission démoralisante la tient à égale distance du patron et des ouvrières normales. N'y a-t-il pas là de quoi justifier, excuser l'étrange humeur et le caprice du mannequin ? Aucun autre métier féminin ne contient d'aussi puissants facteurs de désagrégation morale que celui-là, qui impose à une fille pauvre et belle les signes extérieurs de la richesse.

« Patience, me dit-on, tout cela va changer ; l'évolution du mannequin est en route… Nous, couturiers, nous ferons du mannequin une collaboratrice fidèle, honorablement appointée, exacte, qui pourra vivre régulièrement de sa beauté et de sa grâce… »

Messieurs de la Couture, je voudrais vous croire. Mais vous n'y êtes point encore, ou je me trompe. Vous appointerez, c'est entendu, et jusqu'à quarante mille francs l'année, paraît-il, l'épaule fringante, le noble col, la royale démarche de celles qui, avant toutes les autres créatures féminines, exaltent les œuvres de votre génie ? D'accord. Vous aspirez à donner au mannequin non seulement des honoraires suffisants, mais encore votre estime et la confiance que mérite, par exemple, votre première vendeuse. Vous ne voulez plus voir, chez vous, votre Diane élégante et plate défaillir et bâiller, après quels laisser-courre nocturnes… C'est d'un honnête homme, et d'un cœur pitoyable. Mais la beauté est une chose, et le fonctionnarisme une autre. La beauté s'accommode d'être admirée et vous l'armez pour qu'on l'admire davantage. En appareil de guerre et d'amour, vous dites à la Beauté : « Ceci est ton domaine, tu n'iras pas plus loin. Dispose de ce salon, de cette galerie, pour ta promenade de fauve. Va, reviens, retourne-t'en, reviens encore. Demi-nue, tu ne connaîtras pas le froid, sauf à l'heure où, retirée des regards, tu te sentiras loin d'eux frissonnante. Prends garde que nous te voulons, cette année, dépourvue d'une chair douillette, et dure comme une championne. Mais tu ne peux te livrer à aucun sport, donc mange le moins possible, et ne t'amuse pas à acheter des marrons grillés, au coin de la rue… »

Chimériques ! vous voulez que, prisonnières de votre luxe, abreuvées de café, privées de l'occupation manuelle qui règle le battement du cœur et rythme la pensée, vos mannequins à la beauté agressive se fassent des âmes de comptables ! Vous n'êtes point au bout de vos peines. Mais votre effort est un louable effort. En attendant que le succès le couronne, en attendant que l'appât du gain, le goût de la tranquillité et de l'indépendance forment pour vous de belles jeunes femmes au front paisible et à l'âme sans désirs, gardez, recrutez le mannequin et son caprice. Vous lui passerez encore, pendant un temps que nul ne peut fixer, sa neurasthénie, ses bâillements nerveux, sa crise de larmes, sa langueur imprévue, son illumination passagère qui la signale aux hommages, sa désinvolture à fouler aux pieds, comme un sol natal, un luxe incomparable, — vous lui passerez tout ce que vous tolérez, ce que vous excusez, ce que vous respectez chez son frère supérieur, l'artiste.

ÉLÉGANCE, ÉCONOMIE

És-ce la même ? Ou bien une autre, et une autre, et encore une autre ? « *Ni tout à fait la même, ni tout à fait une autre...* » Je parle de cette jeune femme, de satin noir et de bas roses vêtue, qui offensait, cet hiver, l'hygiène et le bon sens, vous savez bien, cette dame...

Février, mars, ont versé sur Paris la pluie la plus noire qui puisse choir d'un ciel gris, la neige plus froide parce qu'elle fond, la grêle qui craque sous le pied comme un collier rompu. Par certains après-midi maudits, en mars, on vit sous des rafales semi-liquides, semi-gelées, les chevaux de fardiers s'arrêter tête basse ; les chauffeurs de taxi gagner le bar le plus proche ; les garçons livreurs devenir, sous les porches béants, autant de statues en toile cirée. On vit l'autobus hésiter, le tramway réfléchir, aveuglé. On vit la place de l'Opéra, le boulevard et la rue de la Paix déserts, miroitants, bombardés par la colère d'en haut...

C'est par ce temps, c'est à ces heures de trouble climatérique que je la vis, la dame en manteau de marocain ou de satin noir, chaussée de trois petites lanières vernies, la jambe gantée de soie couleur urticaire ou couleur crise de foie. Engoncée de blaireau mais les pieds quasinus, elle allait, endurcie, menton en proue, ventre en avant et séant rentré.

Elle croisa — trop rarement — son antagoniste, la dame en ciré noir, en gabardine imperméable, en suroît de pêcheur. Celle-ci marchait, d'aplomb sur de fortes semelles, le pied au chaud dans le bas de laine rayé. Un jour je reconnus, réfugiée sous l'arc roman d'une porte cochère, et grelottante, mon amie Valentine. Elle attendait l'embellie, et pataugeait dans le marécage universel. Je me mêlai de lui faire reproche, et de lui demander compte de son équipement incongru. Avec l'aigreur qu'inspire un commencement de laryngite, elle riposta : « Croyez-vous, ma chère, qu'au prix où sont les étoffes et les façons, je puisse m'offrir, selon chaque caprice du temps, trente-six tenues ? »

Car les femmes ont gardé, de la guerre, quelques termes militaires, et disent « tenue » où elles disaient « toilette ». Mon amie Valentine s'en tint au chiffre trente-six. Plus vague, plus hyperbolique que cent mille, elle me brandit sous le nez, avec son misérable petit parapluie conique, son trente-six comme un bouclier. Je voulais pourtant enquêter sérieusement, et je prétendais savoir si l'économie, dans un budget féminin, bannit l'élégance, cette élégance suprême qui consiste à porter un vêtement à son heure, dans son milieu et dans son climat. À voir se rebeller, comme une poule sous la rafale, mon amie Valentine, j'ai touché du doigt le point où finit l'indiscrétion, où commence le sacrilège. On peut toujours plaisanter une femme, même cruellement, sur ses cheveux courts et plats, sa nuque de lycéen maigre, ses omoplates de poulet mal nourri, sa robe trop courte, son chapeau en seau de toilette, ses bijoux de Canaque. Mais il ne faut pénétrer qu'avec une extrême précaution, des gants de caoutchouc et une lampe de mineur, dans le domaine où, réduite à manifester de l'initiative, une femme a mal choisi au lieu de choisir bien.

Pressée, un autre jour, d'expliquer pourquoi elle avait élu tout l'hiver, en guise de tout-aller, une robe-manteau de satin noir à col et parements de loup montée, si j'ose écrire, sur bas casserole-fourbie et souliers-passoire, mon amie Valentine s'ouvrit à moi, de mauvaise grâce : « Vous comprenez, non seulement ça m'économise un tailleur de lainage, mais encore le manteau de soie sur robe de satin ou de

Georgette constitue un « numéro » qui permet toutes les surprises de la journée, le déjeuner dehors, même le dîner, le dancing ou un théâtre... Ainsi, tenez, avant-hier... »

Je n'écoutai pas beaucoup le reste, je me cramponnais à une vérité, vérité féminine, un peu abrégée, un peu impure, vérité pourtant. « Qui permet toutes les surprises... » Depuis le premier rapt, la femme, qui n'a peur de rien, n'a pas oublié de redouter la surprise. En outre elle est paresseuse, et la paresse souvent la détourne d'une saine coquetterie vigilante. Vous la croyez changeante, et diverse ? Point. Que rêve-t-elle ? Être habillée et parée, comme elle dit, « une fois pour toutes ». Elle a cru, en coupant ses cheveux, qu'elle s'éveillerait, le matin, coiffée une fois pour toutes. Mais le coiffeur veillait, maître des guiches, émondeur de la nuque, détenteur d'un certain pli de cheveux près de l'oreille, et je connais mainte libérée qui déjà gémit : « Ah ! c'est assommant... Il faut que je me fasse tailler tous les quinze jours... Et mon pli ne tient pas, derrière l'oreille... »

Soignées, pansées comme des chevaux de prix vers dix heures, combien de femmes courent avec plaisir, avant le dîner, vers leur seconde toilette ? Ô nonchalantes, combien d'entre vous s'en tiennent au « raccord » exécuté dans un vestiaire de restaurant ? La poudre, le rouge en nuage, le coup de peigne, le brossage des mains et des ongles... Et puis, on entr'ouvre la robe-manteau qui garde encore, — mais ne l'épluchons pas de trop près ! — quelques mouchetures de la boue sableuse du Bois, on laisse apparaître une plate tunique lamée d'or, brodée de cent couleurs, et on se sent prête à passer une bonne demi-nuit dehors.

Le matin, près des Lacs, c'est vous que j'ai rencontrées si souvent, apôtres de l'élégance économique. Vous marchiez vite, le nez enfoui dans les poils du blaireau, du pijicki, voire du vison, car le vent pinçait, et l'eau giclait, et vos bas roses n'étaient pas fiers. Mais ne savais-je pas que vous cachiez dans le petit sac une autre paire de bas roses, et, sous le satin noir ou le velours tête de nègre, une tunique aile-de-papillon, décolletée et sans manches ?

Le printemps est là. S'il est clément, il vous permettra d'endosser, vers onze heures, la sandale claire, la robe fleurie, — sous quel nouveau manteau d'uniforme ? — la robe dans laquelle vous dînerez ce soir, vous, élégantes qui voulez que je vous salue du nom d'économes... Économes ? Peuh !... Paresseuses...

VOYAGES

Tu es entrée chez moi cet après-midi, jeune amie. Et tu m'as dit, faisant voler d'une tape ton petit feutre sans bords, comme un clown fait de sa perruque quand il vient saluer le public :

« Je vous enlève demain matin ! Soyez prête à sept heures et fiez-vous à moi. On déjeune à B… midi tapant. On goûte à C… à quatre heures. Et je veux que ma langue se couvre d'ulcères si la demie de sept heures ne nous trouve pas à D… les coudes sur la table, devant l'apéritif ! »

Par la fenêtre ouverte, ton bras désignait, contre le trottoir, ta jolie II CV, carrossée en bois précieux, proue nickelée, poupe marquetée d'acajou et de bois de rose. Ce bras tendu, je sais, pour l'avoir éprouvé, qu'il est ferme au volant, et que cette main, tavelée et durcie dès le printemps, ne saurait pécher, par timidité ou par imprudence, contre aucun paragraphe du code de la route. Cependant, je n'obéirai pas au geste de cette main. Jeune amie, ce n'est pas avec toi que je voyagerai. Tu vas pincer ton petit nez sans poudre, et répondre : « Vous êtes bien difficile ! » Voilà, tu as justement trouvé le mot : je suis bien difficile. Tu es parfaite en voyage, mais je veux mieux et moins que la perfection, autre chose que tes horaires inexorables, qui découragent la fantaisie des réseaux ferrés.

Tu es une jeune femme de vingt-six ou vingt-huit ans. C'est le mal et le bien des femmes de ta génération que d'avoir, à leur âge, tout possédé, même la douleur. La guerre te rendit sage, l'amour t'a vue tremblante. L'éducation moderne t'apprit aussi le voyage, si par voyager on entend parcourir de longues distances, et à seize ans tu n'étais pas embarrassée pour régler toute seule des notes d'hôtel, pourboires compris. Le dédain des blasés, l'omniscience des riches, tout cela fut ton lot, dès la première communion. Tu n'hésites point, tu ne flânes pas. Quand tu es assise au volant, ta dignité cède le passage aux « grosses voitures », et à ces vrombissants insectes de la route, sorte terrible d'aoûtats, petits aptères généralement écarlates dont le passage consterne. Tu frôles de l'aile certaines voiturettes, pour leur apprendre le respect de la ligne droite. Et tu déchiffres les cartes avec un air de virtuose tel que je m'attends toujours, lorsque tu déploies la partition de mille hectares carrés, à t'entendre vocaliser la cavatine « Paris-Biarritz » ou la gamme des côtes et descentes Nîmes-Le Havre.

Tu connais les « patelins », leurs ressources et leurs pièges. L' « hostellerie » meublée à l'ancienne ne t'en impose point, car la salade n'est pas meilleure dans une jardinière de vieux Rouen ébréchée, ni les fruits rafraîchis dans une bassinoire détournée de son office. Tu es, je te le répète, parfaite : je ne voyagerai pas avec toi. J'ai trop de défauts, sans compter celui de n'avoir plus ton âge. Le ruban de la route, les champs et les bois qui la flanquent, s'ils sont à demi effacés par la vitesse, je ne les aime plus. Et je sais qu'il n'est, à notre époque, qu'un seul luxe : la lenteur ; qu'une aristocratie : l'oisiveté. Pars donc sans moi, et tout l'été, jeune femme active, file, impassible et jamais éblouie, un « joli » quatre-vingts de moyenne. Je m'en vais de mon côté, et je parie bien que tu ne me rejoindras pas. Tu feras comme la lévrière Lola, qui ne pouvait pas courir avec de petits chiens bouledogues, parce qu'en trois foulées elle touchait l'horizon et cherchait partout les bouledogues essoufflés qu'elle avait franchis sans les voir. L'espace est à toi, laisse-moi ce qu'il y a de plus beau : les bois de pins clairsemés, le ruisseau tordu et retordu au creux de son vallon, les digitales roses dressées entre les coupoles où cuit le charbon de bois, le pain bis défourné sur mon passage et son odeur qui donne faim et sommeil ; la sablonnière aux bruyères violettes, l'étang deviné derrière les haies — peut-être était-ce un champ de lin bleu en fleur ? — l'enclos planté de chanvre où s'endort le vol des papillons... J'en passe, et de plus irrésistibles. Tout cela est à moi, et le silence agreste, varié, accessible, que tu n'entends pas, puisque rien ne t'arrête sur la route, toi qui fonces à travers la vapeur du fournil brûlant, qui troues le vol des papillons, toi qui m'as dit un jour, comme je prétendais dormir à même le velours mouvant d'une sablonnière : « Ne faites pas l'enfant ! »

Un des plus petits véhicules automobiles va m'emporter, bientôt. Tu veux te mettre à ma disposition pour « un itinéraire un peu là » ? Ne t'occupe pas de moi, je t'en prie, Oui, j'aurai le bidon d'essence dans le coffre, et quatre bougies neuves. Mais surtout j'aurai l'épaisse couverture, du fromage de gruyère, un pâté de canard, un rôti de porc bien gras dans sa gelée, des fruits, une fiasque de bon vin, du café chaud. Ainsi pourvue je m'en irai, à cinquante kilomètres de Paris, ou à cinq cents. J'ai appris, à l'essayer déjà, que les nuits d'été sont courtes et douces et que la barre rouge, annonciatrice de l'aube, teint le ciel d'une lumière si sévère qu'on en a le cœur étreint. Mais c'est un instant si pur, que l'on y goûte le bonheur de ne penser à rien ni à personne, sauf à l'enfance. Même si tu passais, à la première heure du jour, sur la route, tu passerais sans savoir que j'ai dormi là, à la corne d'un bois, dans la plus fastueuse solitude, et que je viens de m'éveiller sous l'aube triste, humectée d'une rosée avare que sèche, perle à perle, l'éventail noir des pins.

JARDINS PRISONNIERS

Mon voisin fut, il y a deux mois, jaloux de mon faux-ébénier jaune, puis de ma glycine, puissante déjà en son jeune âge et qui jette, du mur au tilleul, du tilleul aux rosiers grimpants, son serpent tors dégouttant de grappes mauves et lourd d'odeurs. Mais dans le même temps je couvrais d'un envieux regard ses cerisiers à fleur double, et comment lutter, juillet venu, contre ses géraniums ? Leur velours rouge se hausse, en plein midi, jusqu'à un indicible violet, exigé mystérieusement par la lumière verticale... Patience ! il verra, mon voisin, mes sauges pourpres en octobre et en novembre.

Et, sans attendre, il peut toujours évaluer de l'œil, sur ces ambitieux bâtons croisés que je décore du nom de « roseraie », le poids des paquets de roses, chavirés comme des têtes ivres. À mon autre voisin, j'ai abandonné les fleurs d'ombre, la clématite autant bleue que violette, les muguets, les bégonias que le soleil, en une heure, blettit. Un vieux jardin proche nourrit un altaea géant, pour lequel on a sacrifié tout le reste des créatures végétales, car il est beau, âgé, infatigable, et porte une illumination de corolles, rosées à leur éclosion, mauves à leur déclin. L'aubépine rouge, gloire des printemps bretons, flambe un peu plus loin, et la vigne touffue, gouvernée comme une mosaïque sur une façade de petit hôtel, console, en pelouses verticales, l'humeur agreste d'un auteuillois qui n'a, de terre, que l'épaisseur et la surface d'une caisse à oranger.

Aimable rivalité qui arme, au seuil des jardins prisonniers, de vieilles gens et des enfants sages, levée de râteaux et de serfouettes, claquement du bec courbe des sécateurs, maraîchère odeur du fumier et de l'herbe tondue, combien de temps encore préserverez-vous Paris de la tristesse cubique, de l'ombre quadrangulaire des immeubles ? Chaque mois voit choir, dans le XVIe arrondissement, une allée de tilleuls, un buisson de fusains, une tonnelle vermoulue arrondie à la mesure des crinolines.

Mon boulevard extérieur noyé de feuilles érige, en six mois, une maison de rapport qui a la forme et l'importance d'une affreuse dent neuve. Heureux depuis cent ans, un charmant logis épanoui et bas au milieu de son jardin, comme une poule couveuse sur son nid de paille, vient de perdre à jamais, au flanc de sept étages neufs, son droit au soleil, ses matins couleur de scarabée, ses fins de jour brûlantes et douces. Il se tait, refroidi comme une planète éteinte et porte son propre deuil.

Rien ne peut plus sauver nos jardins prisonniers, sinon l'or étranger. Il arrive qu'un milliardaire venu de loin s'engoue d'un hôtel à jardins des vieux quartiers. Alors il l'achète et l'embellit. Il dit : « J'en voudrais encore deux ou trois pareils », car il voit grand ; d'ailleurs il explique : « C'est pour le tennis. » Mais rendons-lui cette justice que parfois il affiche son mépris du tennis et son culte pour tout ce qui touche au passé de la France. Grâce à lui peuvent s'affronter, sur un terrain largement déblayé, royalement agrandi, des églises gothiques de village, rapportées pierre à pierre comme des puzzles, des terrasses basques, la réduction documentaire d'un verger normand, des enclos méridionaux bordés de petits buis bas et funèbres, et quelque chaume breton, sans préjudice d'un théâtre antique. Collection apprêtée par un goût un peu puéril, mais qui nous touche, nous autres provinciaux, captifs de Paris et qui reculons devant lui, nous qui tremblons pour la chute d'un lilas ou l'ébranchage d'un marronnier, nous riverains d'une marée immobilière qui mordille et réduit le Bois, nous fervents défenseurs de nos concessions étroites de verdure. Ce qui subsiste vaut encore qu'on le chante sur un mode de mélancolie. Boylesve se souvient d'un jardin détruit, Abel Hermant pleure déjà, en le possédant encore, le pompeux printemps déroulé sous son balcon, à deux pas de la Madeleine.

La Duchesse Sforza élève des fraises dites Morère entre les balustres d'un balcon, avenue Henri Martin, et Philippe Berthelot voit mûrir les cerises sur les cerisiers qu'il a greffés, boulevard du Montparnasse. Voyez, quai Saint-Michel, le jardin exhaussé sur un toit ! Quai Malaquais, Albert Flament isole entre quatre murs ses souvenirs de Florence, au sein d'un enclos froid et charmant dont les cyprès en boule et les buis ont le pied pris dans une gangue de mosaïque. Rue Jacob « l'Amazone » de Gourmont renonce à fleurir un sol tari, que le soleil ne visite point. Mais l'herbe fine, comme exsangue, qui croît à l'ombre, y est agréable au chat nocturne, et l'effraie perche, littérairement, sur un arbre mort drapé d'un haillon de lierre... Il faut peu de vigne sur un mur pour consoler un regard qui va de la feuille blanche à la fenêtre, de la fenêtre à la feuille blanche...

Une porte ouverte, dans une rue qui n'avait l'air de rien, me montra un jour une sorte de profond paradis provincial, orné de vieux frênes pleureurs, de magnolias, de vases de pierre, de chats sommeillants et même de pommiers en cordons, plantés en main-courante autour des pelouses... Des pommiers en cordons... Ô Parisiens bucoliques, pavoisés de muguet en mai, fagoteurs de lilas, vous qui vous attendrissez sur une touffe d'herbe et sur un perce-neige, ne préserverez-vous pas les derniers secrets agrestes de Paris ? Des pommiers en cordons...

VACANCES

Ce temps chaud, ce trimestre épanoui au milieu de l'année leur appartient enfin. La diplomatie familiale a gravité, depuis six mois, autour d'une oasis difficilement accessible. Dates, équilibres budgétaires, combinaisons automobiles, tout a convergé vers les vacances. Nos enfants ont connu l'amertume du lycée en juin, le tablier importun et sa manche qui colle au petit bras moite ; ils ont roidi, hors de la somnolence universelle des après-midi, leur jeune esprit désespéré, — une juste compensation prosterne, devant « les vacances de la petite », les vœux et l'envie de dix parents.

Enfants parisiens, même ceux que la prudence maternelle écarte de Paris et confie aux lycées suburbains, vous méritez longuement votre récompense annuelle !

Juin a passé, et ses roses et ses fraises. Bagatelle a flamboyé, tous rosiers allumés. Tous les nids, vides, témoignent de mille essors. Enfants, vous avez relevé la tête et flairé le vent comme des poulains altérés, quand juillet déléguait vers vous, par les fenêtres ouvertes de vos geôles, l'appel du pin exsudant sa résine et des gazons tondus.

C'est une dure, une insouciante règle que celle qui assoit l'enfance, l'adolescence studieuses devant un cahier ou un livre, par 30 degrés centigrades...

Les voilà libres, nos enfants. Qui dans la rivière, qui sur le bord rongé d'un rivage marin, les voilà nus, ou peu s'en faut. Leur élégance, c'est ce fard semblable à la joue ardente du brugnon, ce genou sec et fin, cette épaule enrichie, depuis l'an dernier, d'une suavité soudain féminine. L'épaulette du vieux maillot de l'an dernier tire et se rompt ; le bord de la courte culotte bride les muscles que douze mois de croissance ont créés.

Étonnée, ma fille regarde sa dépouille de l'été passé : le jeune serpent étouffe dans cette peau qu'il a, l'autre août, abandonnée sur le sable breton. « En 1924, je me venais ici », dit-elle en posant le tranchant de la main sous son menton. Elle en éprouve de l'orgueil, et un peu d'embarras. « Eh ! je ne peux plus passer par le trou de la palissade », constate-t-elle. Une larme, même, gonfle le bord frais, armé de cils, de ses belles paupières : « Oh ! mon petit chandail bleu... — Mais tu en auras un autre ! — Oui... Ce ne sera plus mon petit chandail bleu !... »

Faut-il, à douze ans, et pareille à tout ce qui est rayonnant, pressé de croître, faut-il qu'elle éprouve déjà le regret de vieillir et la convoitise du temps qui ne lui appartient plus ?

Je n'aime pas la voir sentimentale, atteinte par un souvenir, vulnérable au son, à la couleur, à l'arôme qu'elle a respiré, et qu'elle reconnaît. Ne sait-elle plus, sauvagement, conquérir le rocher, guetter le « bois flotté » des épaves et le dérober au flot ? Une chose est, pour une enfant, de rapetisser les yeux et d'annoncer, héraut à la voix suraiguë : « Le vapeur de Granville ! L'aéroplane de deux heures ! Un courlis, maman, un courlis ! » Une autre chose est de demeurer oisive, la bouche entr'ouverte et l'œil enivré, en silence. La rêverie prématurée comble d'inquiétude ceux qui la contemplent. Comment ne pas trembler ? Les cils, sur la prunelle éblouie, grésillent faiblement ; aucune révélation ne s'élance, à la rencontre de la grande lumière marine, de ce visage que tant de grâces, déjà, caressent. Un calme redoutable, une attente sans limites... Hélas ! elle a laissé tomber à ses pieds des jouets superflus.

Je l'emmènerai tout à l'heure à Saint-Malo, pour que nous retrouvions, elle et moi, tout le long du chemin, ses vacances d'enfants, la poignée de bonbons offerte par l'épicier du hameau, l'œuf frais pondu de la ferme la plus proche, le bol de lait, la pêche dure sous sa peau de velours, tous les dons, toutes les dîmes que réclamait son arrogance de petite reine aux pieds nus.

À la ville, ma fille méprisera encore les enfants de la plage qui jouent, « en chapeau », et les fillettes « habillées en filles ». « Elles ne peuvent donc pas s'habiller en garçon, comme tout le monde ? » Mais elle ne manque pas d'étaler une neuve et étrange science mécanique et d'estimer au passage les automobiles qui roulent sur le Sillon. « Moi, quand je conduirai moi-même... C'est malheureux de voir un beau châssis X... carrossé comme ça ! Je ne sais pas ce que les gens ont dans la tête ! » Et de me retourner, abasourdie, sur ce jeune oiseau de garage que j'ai pourtant couvé...

La marchande d'étoffes lui jettera encore sur l'épaule, comme autrefois, quelque chiffon bigarré. Mais j'attendrai en vain le geste de bébé-saltimbanque dont elle nouait sur son front le coupon de cotonnade, à moins qu'elle n'en cravatât, avec orgueil, sa cuisse nue et bronzée. Elle se drape à présent en mannequin, creuse la croupe, avance une hanche, et murmure : « On y revient, à la taille plus haute... » Elle cherche de l'œil un miroir, et non plus une couronne de lambeaux radieux. Et, pour sortir de la pâtisserie, elle se fait gauche et gracieuse ensemble, heurte une table, fronce le sourcil, se mord la lèvre, enfin devient rouge comme une sombre rose parce qu'un jeune homme s'efface et lui ouvre la porte en disant : « Je vous en prie, Mademoiselle... »

VENDANGEUSES

— « Où irez-vous en septembre ? » m'a demandé en mai mon amie Valentine. Quand elle m'interroge, je me sens toujours un peu coupable. Elle questionne avec aisance, avec virtuosité. Elle me trouble par sa connaissance de l'avenir, proche ou lointain. Elle vise un point du futur et pan ! en plein dans Spa, dans Saint-Moritz, dans Rome. Elle dit, à six mois du but : « Le quatorze janvier, dans l'après-midi, je prends le thé à Caux ».

— En septembre ? En septembre, heu !... Attendez, il y a grande marée à la pleine lune... je ne bougerai pas d'ici, à cause de la pêche, à cause aussi de la tempête d'équinoxe qui sera magnifique...

Mon amie Valentine a haussé les épaules, qu'elle porte minces, voire un peu arides. Tout son corps est empreint d'une âpre jeunesse, et comme dévasté par une adolescence sans fin. Dans la rue, vue de dos, elle a dix ou douze ans, comme beaucoup de femmes d'aujourd'hui. De face, elle semble un peu fatiguée de jouer si longtemps à la petite fille. Mais quoi ? il faut ce qu'il faut. Elle a donc haussé, en mai, ses épaules, couvertes d'un organdina transparent.

La voici, après un été parisien du goût le plus avancé. Elle a « fait » les Arts décoratifs, dîné sur les quais, gardé sa maison ouverte jusqu'au 1ᵉʳ août, déjeuné dans des jardins du seizième arrondissement. Elle ne vient pas me voir, elle entre en passant... Petit chapeau blanc, robe blanche, noire et verte, — que cherche-t-elle des yeux ? son ombrelle ? non, son manteau d'automobile. Il est resté là-haut, sur la route, dans la voiture, la voiture qu'on ne voit pas : c'est chic d' « entrer en passant » chez une amie, à quatre cents kilomètres de Paris, avec un petit air d'être venue à pied... Au bas du pré, la mer humecte, d'une langue courtoise, le feuillage de fer et la fleur de flamme des chardons bleus. Mais mon amie Valentine ne voit ni la mer, ni la plage, ni le cap dépouillé par l'été, jaune et brun comme un fauve : elle pense aux vendanges. Les vendanges se portent, depuis deux ou trois ans, aussi assidûment que le kasha. Entre mon amie Valentine et la douce mer laiteuse s'interpose, saugrenu, un tableau de vendanges d'une grâce arbitraire, et je plains cette jeune femme réduite, de par la Mode, à une constante prospection de l'avenir. Ainsi le couturier, quand il gèle à frimas, manie le crépon, la fleur champêtre en broderies ; il drape, sous la canicule, la fourrure en nappes...

— Vous irez donc vendanger, Valentine ?
— Naturellement, ma chère.
— C'est la première fois ?

Elle rougit.

— Oui... c'est-à-dire... je devais vendanger, l'an dernier, dans la propriété de nos amis X... Et même il y a deux ans, chez...
— Ne vous excusez pas. Et comment comprenez-vous la tenue des vendanges ?
— En toile violet-pourpre, imprimée de raisins jaunes, répond du premier coup mon amie.
— Chapeau ?
— Jaune. Ruban violet noué sous le menton.
— Souliers ?...
— Tressés. En chevreau jaune et blanc.
— Ciseaux ?
— En bec de cigogne. J'en ai trouvé de ravissants à Strasbourg.

Ne la prendrai-je pas en défaut ? Elle a songé même aux ciseaux ! Je m'émerveille de constater que son ignorance des choses de la nature la pourvoit aussi bien, à la pratique près, qu'une expérience consommée. Elle caractérise la saison par l'étoffe, le sport par l'engin, la beauté féminine par le joyau. Elle interprète le langage des emblèmes comme une fiancée romantique, en somme... Mais je ne le lui dirai pas, assurée de la froisser.

— Vous savez, Valentine, que les ciseaux sont, si vous le voulez, superflus.

Les sourcils épilés de mon amie remontent d'étonnement et se cachent sous le petit chapeau d'un blanc de craie.

— Superflus ! Songez que j'ai la chaîne d'acier ancienne qui les suspend à la ceinture.

— ... Si vous le voulez, dis-je. Car la tige de la grappe, à un ou deux pouces du cep qui la porte, se renfle comme un serpent qui n'a pas encore digéré son repas. Appuyez, de l'ongle, sur cet engorgement à peine sensible : il rompt comme verre et la grappe choit dans le panier que votre autre main lui tend. C'est une petite magie paysanne que je vous enseigne là, Valentine, afin que vous emplissiez plus vite le panier... Ainsi faisais-je, lorsqu'en dix-neuf cent dix-sept...

Au fait, le reste ne la concerne point. Ces vendanges de guerre n'appartiennent qu'à mes souvenirs. Terre rouge, cuite par les longs soleils, septembre torride, mouillé de rosée à l'aube, grappes inespérées sous les figuiers au parfum de lait frais... L'azur, cette année-là, coulait d'un bleu sans fêlure, du matin rose au soir plus rose. Il n'y eut jamais tant de pêches aux pêchers et criblant, mûres, les vignes ; il n'y eut jamais tant de mirabelles jaunes et de reines-claude mêlées aux vrilles des treilles. Que de martins-pêcheurs brasillant sur la rivière, d'abeilles en auréoles harmonieuses autour des tilleuls, et de sifflantes hirondelles transperçant la nue des moucherons... Que de joie animale, d'indifférente et de végétale splendeur sur nos vendanges silencieuses...

Des mains de femmes, des mains d'enfants troussaient la feuille, tâtaient et coupaient la raisin tiède. Il n'y avait pas un homme à perte de vue, entre les cordons parallèles de la vigne. Ce que la guerre laissait de mâles au pays comptait moins de dix-huit ans, ou plus de cinquante, et menait, dos penché, de la vigne aux cuves, les comportes de bois qui pèsent, pleines, un demi-quintal et davantage.

Vers midi, une jeune femme s'échappa de la vigne, courut au sentier, s'assit dans l'ombre d'un figuier et ramassa un enfant épinglé dans ses langes. Son lait la pressait et, tandis qu'elle délivrait et éveillait le nourrisson, je regardais tomber ensemble, sur l'enfant, les gouttes de lait et les larmes de la muette et solitaire vendangeuse.

POIL ET PLUME

L'année a bien commencé pour les chasseurs. Une abondance prématurée de gibier, et non du moindre, mit sur pied les hardis traqueurs de Paris, dès le mois d'août. Le XVIᵉ arrondissement tint quelque temps le record avec son léopard, hallali boulevard Lannes. Mais de toutes parts, à l'envi, s'abattirent bêtes de poil et de plume. Deux renards, dont l'un s'établit dans les tirés de l'Opéra, un oiseau « inconnu » en manière de « gros dindon à bec aplati », un autre oiseau, également sans pedigree, noir, immense, et qui inspira la terreur — oh ! pourquoi ? — en s'enfuyant ; un lionceau, un magnifique lâcher d'oiseaux exotiques sous les verrières de la gare du Nord... J'en passe. La faune de Paris, ces derniers mois, confondit l'imagination. Que penser, entre autres, du calao et du garrulax ? N'ayez pas peur, le garrulax, signalé en septembre, volait timidement et ne voulait aucun mal à ses tourmenteurs.

Le XVIᵉ arrondissement, le mien, ne laisse pas d'offrir aux amateurs quelques exemplaires intéressants de la faune européenne. Une nuit, je trouvai devant la grille de mon jardinet une jolie vache blanche que j'eusse capturée aisément. Je sais maintenant que la vache blanche nocturne se laisse approcher, accepte l'eau dans un seau et le sel sur la main étendue. La brebis crépusculaire présente les mêmes particularités, observées par moi sur une brebis gisante au bord du boulevard extérieur. Puissent ces remarques servir à un traité de vénerie parisienne. Une panthère du Tchad, capturée avec l'aide de Philippe Berthelot dans un bureau directorial des Affaires Étrangères, embellit quelque temps ma demeure. Mais je vous prie de croire que je ne tolérais pas, imitant l'inexcusable négligence d'un propriétaire de ménagerie, qu'elle traînât sur le trottoir, ni dans l'enceinte du pesage d'Auteuil, ni parmi les plates-bandes et les roseraies de mes voisins. Sa belle fourrure, ses yeux d'ambre et d'or, sa dangereuse et confiante grâce de fauve, et son doux cri familier, je les gardais bien, sachant que les « chasseurs de casquettes » urbains ne badinent pas, et que tout leur est bon, sur le sentier de la guerre : le browning, la pertuisane, le tomahawk, le lance-pierres et les gaz asphyxiants.

Qu'ils ne comptent pas sur moi, ces décimeurs de perdreaux, de grenouilles des mares et de calaos, pour leur apprendre à quelle heure, en quel lieu du Bois, je guette sans mauvais desseins un petit animal mystérieux qui se chauffe, à l'automne et au printemps, le long de la raie de soleil qui coupe un sentier. J'atteste qu'il est marron, ras de poil, plus court et plus ramassé que la martre commune et privé du panache de l'écureuil. Mes chiennes le connaissent, il s'enfuit par prudence plutôt que par peur, et se retire en un gîte foré à même l'ancien talus des fortifications. Il est toujours seul, et peut-être âgé. Sa vie est une misérable petite vie... Mais n'en ai-je pas trop dit déjà sur lui ? Ne vais-je pas, imprudente que je suis, appeler sur les taillis d'Auteuil une battue, militairement organisée ?

Pendant que j'écris, on pourchasse, blesse et tue la ronde perdrix, plus bruyante en plein vol qu'un avion, la caille irréfléchie, le faisan, parure des arbres où il juche. Le cœur des lièvres bat à se rompre, les nuits ne rassurent même plus le menu gibier palpitant. Les journaux de mode prônent cent tenues de chasseresses, aussi bien l'image flanque le texte et prouve que la chasseresse de 1925 n'a rien gagné sur celle de 1924. Ni gorge, ni croupe, elle s'affirme héronnière, et cependant dotée d'un buste interminable. Si j'en crois d'habiles dessinatrices, la chasseresse chausse de mignons escarpins, ou des bottines hautes en peau de gant. Elle s'arme d'une carabine longue comme une gaffe, d'une houppe à poudre, d'une cigarette et d'un bracelet-montre, qui marque sans doute la dernière heure du tireur le plus proche. Elle est quadrillée de grands carreaux comme une salle de bain, ou chevronnée comme un vieux guerrier. Elle porte, sous sa cravate masculine, un « chemisier » de crêpe de Chine blanc, moyennant quoi le gibier la voit, Dieu merci, de très loin. Allons, allons, si j'en crois les habiles dessinatrices, la chasseresse pédestre est un brave petit type qui ne ferait pas de mal à un ramier, même avec un fusil.

Quant à celle qui s'en va courre la grosse bête, je garde, à son sujet, le plus malveillant silence. Que le pied puissant et sec du cerf, occis parmi les larmes qu'il versa, que le petit sabot délicat du chevreuil, rapporté gorge ouverte et col ballant comme un enfant assassiné, reviennent la nuit et foulent à jamais ses rêves : c'est tout ce qu'elle mérite.

Un de mes amis, un jeune homme de lettres qui a beaucoup de talent chassait, depuis son enfance, avec une fureur d'enfant sanguinaire. Il ne chasse plus. Je m'en montrai étonnée et lui demandai la raison de sa sagesse. Il n'hésita qu'un moment avant de me conter ceci :

— L'an passé, je tirais la perdrix, en Bretagne. J'en blessai une, qui voleta encore, et se déroba derrière un taillis, mais je l'avais bien repérée et j'étais sûr de la ramasser. Je trouvai le taillis, j'abordai une palissade basse et un petit monsieur grisonnant, celui-ci derrière celle-là. Le vieux monsieur tenait dans ses mains ma perdrix blessée, dont il caressait l'aile battante et la petite tête affolée. Je lui dis que... que j'avais tiré la perdrix en plein champ, qu'elle était tombée une première fois sur le chaume, que... enfin ce que je devais dire, quoi ! Il caressait toujours la perdrix et ne semblait pas m'entendre. À la fin, il leva la tête et me demanda sur le ton le plus modéré : « Monsieur, est-ce que vous avez songé qu'un jour, dans ce monde ou dans l'autre, vous pourriez être, à votre tour, le gibier ? » Ma foi, ça m'a fait un si drôle d'effet, cette petite phrase, que depuis ce temps-là je n'ai plus de goût à la chasse... »

LES JOYAUX MENACÉS

L'année va finir dans l'inquiétude. Que de femmes rêvent, balançant aux doigts leurs « biens oisifs ! » Jamais elles ne se sont senties si directement offensées. Pourtant la soie se vend au prix du cheveu tissé, le lin candide n'est pas en retard sur la soie, le moindre bout de chevreau, tourné à peu près à la forme du pied, coûte trois cents francs. Pourtant la poire et la pomme vont quitter les tables modestes, désertées déjà par le gigot, et les femmes — même celles que nourrissent un toast et une tasse de thé — ont poussé déjà leur grande lamentation d'affamées...

Mais la menace de certain impôt les trouve muettes, pleines de rancune et de desseins. On ne les « aura » pas si facilement. Le coup de théâtre est leur élément familier. Vous verrez qu'elles vont, les fausses imprudentes, étonner l'homme une fois de plus. Déjà l'une, qui veille et dort sous la garde d'un rang de perles incomparables, inséparables, d'un collier qu'elle caresse et qu'elle baise, déjà cette fétichiste s'attiédit, parle de son collier comme d'une passion déclinante : « Vous comprenez, un collier d'une telle valeur, il me faudrait pour le plaisir de le garder payer quelque chose comme trente mille francs par an... Trente mille francs ! le loyer d'un bon appartement... Le prix d'achat d'une petite propriété ! Vous comprenez... » Nous comprenons. Plus nous irons et mieux nous comprendrons que la femme, surprenant animal qui participe du poète, de l'étourneau et du parfait notaire, ne veut payer son plaisir qu'une fois, et n'entend pas être la locataire de son luxe.

Peut-être y a-t-il, dans mainte femme, un homme d'affaires ? On l'a déjà, sans bienveillance, affirmé plus d'une fois. Heureux ou malheureux, cet homme d'affaires occupé de chiffons, d'art, d'amour ou de science même, semble s'éveiller à certains sons de numéraire, de serrure secrète, au gazouillement du chiffre, et rêve, l'oreille tendue, comme un cheval d'armes quand la brise lui apporte des bouffées de musique militaire... Les mots « impôt sur les biens oisifs » tirèrent la femme d'un songe frivole. De prodigue, la voilà rapace, d'étourdie, la voilà méfiante et calculatrice...

Beaux bijoux, trésors dynastiques, jouets des anniversaires et surprises de la nouvelle année, déjà l'on vous soupèse, on vous estime, on mire dans votre eau pure des regards d'héritiers. La même bouche orgueilleuse qui proclamait naguère : « Ils valent tant ! » murmure aujourd'hui : « Ils me coûteront tant. »

J'imagine que d'un tel malaise va renaître, triomphant, et d'ailleurs gonflé de prétentions, le bijou dit « artistique » et l'exotisme n'y perdra rien. Déjà le lourd collier en verre de Pékin gagne des grades. Il est bleu, vert ou jaune, translucide ou voilé d'une taie laiteuse. Les grains, sphériques, à moins qu'ils n'imitent, façonnés en graines de capucine, l'émeraude orientale, nous plaisent quand ils sont d'un bleu de pervenche. Leur matière serrée semble humide ; ils jouent, heureux, sur la peau brune où chaque grain traîne derrière lui, en guise d'ombre, une petite tache de lumière azurée.

Je connais un collier chinois de verre vert, long, pesant comme une chaîne d'esclave, et qui opprime autant qu'il la pare une nuque délicate. Il est vert comme une grenouille, il est d'un vert criant comme le jade royal. La verroterie tchécoslovaque n'égale pas ces barbaries raffinées, tournées aussi en cercles épais autour du bras, et sonnant haut comme des clarines de bronze. Le collier, le bracelet de Chine sont à l'aurore de leur vogue, et nous ne connaissons qu'à peine ceux dont la matière cristalline recèle, — jalouse des « sulfures » trop cotés — un petit serpent rose et vert, une spirale de poudre dorée... Ce n'est pas qu'ils soient beaux, mais ils viennent de loin. Et puis ils sont tous engendrés, comme les colliers, par la sphère et la circonférence, et ce n'est pas une magie négligeable que cette simplicité éternelle. Si la perle naissait frappée de facettes, elle en serait encore à se moquer du fameux impôt. Un cristal de roche, taillé, nous attache moins qu'un globe sans défaut, suave à la paume, transparent, impénétrable, qui moule sur sa surface toutes les images terrestres, les déforme chimériquement et les hausse vers la sorcellerie...

Nulle taxe ne menace les colliers, tous bleus, tous chinois, qui tintent de mon col à mes genoux. D'autres univers, multicolores et vierges, roulent dans un coffret que je puis ouvrir sans crainte aux suppôts du fisc... Ces globes-ci ont leur histoire.

Après la guerre, nos enfants cherchaient en vain — ils les cherchent encore — les billes de verre. Pour contenter ma fille, j'écrivis un jour au maître du Feu et du Verre, au créateur de la Fontaine merveilleuse, à Lalique enfin, et je lui demandai : « Pourquoi nos enfants n'ont-ils plus leurs billes de verre ? » Lalique ne me donna point d'explication. Quelques semaines après, je reçus, roses, rouges, opalines, bleues comme la flamme qui les vit naître, vertes comme le raisin, comme la vague et comme l'absinthe argentées, cent billes de Lalique.

Mais, — voyez la grande misère des enfants et l'égoïsme maternel, — c'est moi qui garde les « calots » précieux dans un coffret, et ma fille Bel-Gazou n'a toujours pas de billes de verre.

TROP COURT

Trop court, Messieurs, trop court. J'écris « Messieurs » parce que peu de femmes font métier d'habiller les femmes. Elles sont minorité, minorité d'une qualité rare, et qui gagne des sièges rapidement, mais minorité. Une routinière impudeur conduit la femme à préférer qu'un vendeur lui débite le bas fin, dont la maille distendue sur une main d'homme, — « C'est un bas excessivement cuissard, voyez, Madame, » — montre toute sa finesse. Un bras masculin, paraît-il, aune mieux la petite Valenciennes et le ruban… Nous disons : le brodeur, le coupeur, le modiste, le bonnetier ; nous disons : le couturier, même quand le couturier va sur deux pieds chaussés de brocart et de strass et pare son cou onduleux de deux millions de perles… Couturier donc, grand Couturier, culotté ou juponné, je ne vous l'envoie pas dire : cette année encore, c'est trop court.

Va pour le costume trotteur, ainsi nommé par antiphrase, pour ce que sa jupe bride la jambe, rapproche les genoux, use les bas et entrave la marche. Écourté, il donne à la femme immobile un joli petit air alerte, qu'elle perd si elle se met en marche, — mais quel besoin de se mettre en marche ? Le « costume-trotteur » élégant ne trotte pas. Si nous voulons trotter, à pied, à cheval, ou gravir la montagne, ou passer à gué le marais, ce n'est pas à vous, Couturier, que nous avons affaire, mais à des spécialistes que vous dédaignez, des techniciens de la gabardine imperméable, de la bande molletière, de la bottine à ski, de la culotte Saumur. Votre costume-trotteur, à vous, fait quatre cents mètres entre midi et une heure, et c'est bien assez pour le délicat chevreau ajouré que votre complice, le *chausseur*, nomme soulier du matin. Taillez-le donc à ras du genou, s'il vous plaît, ou plus haut. Mais vous avez, cette année, raccourci la robe de l'après-midi et du soir. Coup de ciseaux gros de conséquences, après lequel l'effort du brodeur, l'ingéniosité, le faste du tisseur demeurent stériles. En vain vous suspendez, dans le dos de vos sujettes, une aile molle, que le moindre élan soulève ; en vain vous saupoudrez un voile, argenté déjà, de sept cent mille petits astres ; en vain vous « trichez », accrochant un pan lamé, plissé, brodé, frangé, qui balaie le tapis, maigre guide-rope d'une tunique suspendue quarante centimètres plus haut... En vain vous prodiguez, sur le ventre absent, sur le séant illusoire et la gorge en steppe de la Péri 1924, des soleils, des fusées, des palmes, des jets d'eaux, des roses : votre robe du soir, votre tenue de gala ressemble à un projet avorté, à un roman sans dénouement, à une autruche après la mue, à une idylle sans poésie. Trop de pieds, trop de pieds, et pas assez d'étoffe !

On m'assure, Grand Couturier, que vous vous gourmez facilement, et que votre premier mot sera pour me demander de quoi je me mêle. C'est qu'on ne vous a guère accoutumé à la critique. Votre art, qui brasse autant de millions que le cinéma, se contente, modestie singulière, des « communiqués » et fait des rentes à ces deux médiocres aèdes : le courtier de publicité et la chroniqueuse appointée. Mais personne ne traite votre œuvre, qui souvent le mérite, comme un beau tableau, comme un émail, comme un roman nouveau, comme une pièce de théâtre, comme une céramique...

À qui la faute ? Vos façons de tyranneau n'ont admis jusqu'à présent que la courtisanerie à gages. Vous valez moins de ménagements et plus de considération, vous valez sûrement que je me donne le plaisir de venir chez vous, de regarder ce que vous faites, de dire ce que j'en pense, et de m'en aller, — dans ma gentille petite robe qui n'est pas signée de vous.

J'ai déjà vu, en un mois, défiler deux cents robes. C'est, à l'aube d'une saison, un défilé qui instruit, en amusant. J'y appris comment on porte cette année le ventre, qui conserve, bien que plat, une arrogance de bouclier et se balance d'avant en arrière, d'arrière en avant. Où est le roulis de hanches, espagnol ou martiniquais, des mannequins de 1914 ? Il s'agit bien de hanches ! nous n'avons plus rien de latéral. J'y appris que « la taille remonte », elle remonte, ma foi, jusqu'au nombril, en fait elle ne se gêne pas pour descendre plus bas, beaucoup plus bas. Aussi la longueur du dos épouvante, si j'appelle dos ce parallélogramme plat, au bas duquel pend une jupe qui suffirait à une fillette de dix ans. « Trois pouces de jambes et le dos tout de suite. » Ah ! ce dos ! Quatre-vingts centimètres de dos, sans pinces ni pli. Monsieur le Brodeur, souriez : voici de quoi vous ébattre. Brodez, sur ce dos vertigineux, des pagodes, des fruits, des chiffres arabes, des scènes champêtres, des frises pompéiennes et des automobiles. Mais vous souriez jaune, Brodeur ? Il y a de quoi. Le Tisseur, qui a du génie, s'est mis dans l'idée qu'il se passerait de vous, et il tisse à miracle. En relief, en creux, soyeuse, rêche, versicolore, pâle comme l'ombre d'une fumée, vigoureuse comme celle d'un feuillage d'été sur une allée, il projette sur toute étoffe l'arabesque, et vous défie. Débrouillez-vous, Brodeur, et inventez, vous aussi.

Deux cents robes ! Grand Couturier, vous m'en avez fait voir de toutes les couleurs. Elles portent des noms charmants, — vous ne manquez, Grand Couturier, ni d'affectation, ni de sens comique, ni de lettres. Soyez béni, cette année, parce que vous ramenez le bleu dans la Mode. La couleur bleue, longtemps bannie, reparaît, se glisse entre le violet et le pourpre, et l'œil s'y baigne, heureux, conscient soudain de n'avoir goûté, sans bleu, qu'un bonheur incomplet. Le noir lutte contre tout le prisme, appelle à son aide le rose du sein entrevu, la lueur du bras ou de la jambe sous la dentelle : « N'oubliez pas que je suis non seulement distingué, noble, fastueux, mais encore le plus voluptueux de tous, et le plus satanique », insinue le noir. Il me paraît surtout, ce prince des ténèbres, trop court, — tout comme ses sept camarades, en dépit de ses queues bifides qui frétillent au ras du parquet, se pincent dans les portes, enlacent les clefs des tiroirs et arriment solidement les pieds des fauteuils. Trop court, ce faux deuil libertin en jupon de soubrette, trop court, ce songe, ailé de gaze, qui ne cache pas ses terrestres attaches !

Grand Couturier, souvenez-vous d'un soir où vous nous montrâtes, après des Salammbôs acaules, des Mélusines privées d'appendice, des sirènes traitées en chien d'Alcibiade, et mainte ravissante « petite robe » à ceinture basse, à ourlet haut, qu'en moi-même je baptisais « la Fiancée du cul-de-jatte » — souvenez-vous que vous nous montrâtes une robe de mariée chargée de perles, une longue, longue robe qui descendit, sur des pieds invisibles, les degrés de votre « scène de présentation ». Elle descendit, glissant comme par magie. Six mètres de traîne la suivaient, dentelles et tulle écumaient sur l'eau lourde et figée de cette traîne... Le cri d'admiration qui jaillit à sa vue, Grand Couturier, ne sonna-t-il pas à vos oreilles comme un avertissement, tout au moins un conseil ? Non ? Tant pis.

EN DESSOUS

— Madame, par ici ! me dit la vieille vendeuse.

Elle me barra l'entrée du petit salon d'essayage fermé d'un rideau de velours où j'allais pénétrer et m'entraîna dans son sourire à l'autre bout de la maison.

— Là donc ! Est-ce que nous ne sommes pas mieux ici ? On est plus chez soi.

Je ne partageai pas son avis. Le chez-soi en question, sorte de tambour-boudoir entre deux portes de glaces battantes, bénéficiait de courants d'air actifs, et d'une triste lumière tombant de haut.

— Quand vous n'avez pas de place pour un essayage, Madame R., avouez-moi donc simplement : « Je n'ai pas de place. »

— Ah ! Dieux ! qu'est-ce que vous pensez de moi !...

Elle leva ses mains ridées aux ongles teints, et j'entendis glisser sur ses avant-bras les bracelets d'ébène, d'or creux, de jade bien imité. Ses yeux flétris et sagaces cherchèrent le plafond, puis redescendirent vers les miens sans insister, et elle rit de toutes ses dents dont l'une, en métal pur, étincela.

— Vous êtes malicieuse, madame. On ne devrait jamais vous dire que la vérité. Dire la vérité à une cliente, d'abord, ça procure des sensations rares, on a bien l'impression de faire quelque chose de défendu.

La vérité, madame, c'est que j'ai trois salons vides dans la grande galerie, mais… Ah ! Dieux !…

Les bracelets tintèrent, et Madame R. pirouetta sur ses petits pieds bien chaussés. Elle a soixante-quatre ans, les cheveux teints en rouge sombre, une silhouette de jeune fille. Elle ne cache ni son âge ni ses rides, qu'elle farde de rouge vif. Sous le rouge, la poudre, les bracelets, la courte robe noire à deux volants, c'est pourtant une fine vieille femme, qui réussit à ne ressembler ni à une entremetteuse, ni à une folle aïeule. Elle est vendeuse, si j'ose écrire, de naissance. Elle eût pu diriger une maison de couture, s'il ne lui manquait une sorte de gravité cruelle, et la soif de régner. Son don est finesse, finesse seulement. Elle aime les longues heures vides, la hâte tourbillonnante, les salons luxueux. Elle aime l'ironie, la médisance, la tablette de chocolat à quatre heures, la cigarette cachée, le cornet de cerises. Elle « gagne bien » et nourrit généreusement une famille, une famille sérieuse en lainage sombre, d'où elle s'évade chaque matin, radieuse sans se l'avouer…

— Madame, vous allez me gronder ! chuchota-t-elle avec une moue contrite qui rassembla sous son menton, en plis convergents, la peau relâchée de son cou. Oui, j'ai des salons vides ! Oui, je vous ai amenée dans le tambour aux zéphyrs ! C'est très mal ! Mais… mais je n'en pouvais plus, là-bas !

— Vous n'en pouviez plus de quoi ?

Elle ferma ses paupières bordées de noir, avala sa salive péniblement comme une poule qui étouffe, et me glissa dans l'oreille un seul mot, révoltant et mystérieux :

— L'odeur.

Puis elle voltigea d'une porte à l'autre, cria sévèrement : « Mademoiselle Cécile, c'est se moquer du monde ! », pria avec langueur : « Mademoiselle Andrée, quand vous voudrez, le trois-pièces de Madame Colette ! » et jeta à bas d'une chaise, pour que je puisse m'asseoir, un manteau d'or, de clair de lune et de pourpre tissé, qu'elle foula du talon comme une reine. Elle « occupa le temps » en bonne actrice, et me laissa méditer sur le mot, le mot gros d'horreur vague et d'attrait…

— L'odeur de quoi, Madame R. ?

Elle ne me laissa pas attendre, et répliqua sur le ton cru des vieilles aristocrates :

— Eh ! L'odeur de la femme à poil, donc !

— Comment ? X… habille une Revue, maintenant ?

Madame R. minauda, soudain prude.

— La maison X… n'habille que le vrai monde, vous le savez bien. Le vrai monde et, naturellement, les artistes.

Elle laissa tomber sa voix tout en bas du registre grave, arrondit des yeux de prédicateur outré :

— L'odeur, madame, je ne retire rien ! J'ai dit ce que j'ai dit ! Je le répéterai sous le couteau ! Je peux parler, à mon âge, d'un temps où, dans les salons de la maison X…, on pouvait venir à toute heure, sans respirer un autre air que le parfum du corylopsis et du ylang-ylang. Des fois ça sentait peut-être un petit peu la dévote, mais passons… À présent, madame, c'est le bain de vapeur que ça sent, ici, le bain de vapeur !

Elle saisit un coupon de lamé coincé entre deux portes d'armoire et s'en servit comme d'un éventail, en fermant des paupières tragiques qui signifiaient : « J'ai trop parlé. Je me sépare du monde, » Mais, comme je me taisais, elle rouvrit précipitamment les yeux et parla en hâte :

— Que voulez-vous, madame ! Autrefois la femme portait du linge, du beau linge de fil qui lui essuyait la peau ; à présent, quand elle quitte sa robe en la retournant comme un lapin qu'on dépouille, vous voyez quoi ? Un coureur pédestre, madame, en petit caleçon. Un mitron en tenue de fournil. Ni chemise, ni pantalon de linge, ni jupon, ni combinaison, quelquefois un soutien-gorge — souvent un soutien-gorge… Avant de venir à l'essayage, ces dames ont marché, dansé, goûté, transpiré… et je m'arrête là… Il est loin, leur bain du matin ! Et leur robe, portée à même la peau, qu'est-ce qu'elle sent, leur robe de deux mille balles ? Le combat de boxe, madame, et le championnat d'escrime ! « *Douzième round*, parfum troublant »… Ah ! Dieux !

Elle eut le battement de mains, l'exclamation affectée, que les femmes contractent, comme un tic, à rencontrer souvent des hommes qui imitent les femmes. Mais sa nausée semblait réelle et son nez blanchissait. Je me rappelai la phobie dont souffrait autrefois une corsetière qui prenait tous ses repas au restaurant, pour fuir son logis pénétré d'effluves...

Un mannequin parut, sorte de grand garçon blond, les cheveux tondus sur la nuque et rabattus sur le front au ras des sourcils. Sous la robe du soir couleur de chair, le relief faible de ses deux petites mamelles révélait la nudité. Elle releva candidement sa jupe et tira de son bas, pour s'y moucher fortement, un étroit lambeau de gaze couleur fuchsia. Comique, son geste réveilla en moi un souvenir des répétitions d'une pièce, où l'auteur voulait que le traître arrachât à demi les vêtements de l'ingénue. Cette victime, dans l'imagination d'un auteur dramatique sexagénaire, devait demeurer un moment palpitante, défaite comme une rose blanche violentée, et resserrant sur elle les dentelles éparses, la mousse émouvante de dessous battus en neige... L'essai révéla, en place d'écume et de neige, le petit caleçon en maille de soie safran les quatre jarretelles tendues, un bout de chemise safran, estampillée d'un monogramme large comme un fond de chapeau, et si les machinistes eux-mêmes s'esclaffèrent, l'auteur ne riait pas...

La rude parole d'Adolphe Willette gronda à mes oreilles comme un bourdon irrité : « Ils ont supprimé le linge des femmes, ces vandales ! Le boucher lui-même sait pourtant qu'il faut du papier à dentelle autour du gigot ! »

FARDS

$\mathcal{J}$e rencontrai mon ami Z…, un matin, au moment où il poussait la porte — lourdes glaces et ferronnerie — d'un marchand de parfums coté.

— Je vous y prends, lui dis-je. Vous venez acheter un coûteux flacon de ces essences que la mode réserve aux hommes et baptise en conséquence : « la Chaussette de Monsieur » ou « Lâchez les fauves ! »

— Non, répondit Z… Entrez avec moi, je n'ai pas de secrets.

Nous avançâmes sur une mosaïque vertigineuse qui nous réfléchissait comme un lac, pour nous aller échouer entre deux gracieux môles : une vendeuse blonde et une autre vendeuse blonde. Point jolies, mais amènes, elles représentaient dignement un vieux commerce français, luxueux, qui veut des thuriféraires vêtus de serge noire, aux mains pieuses et sans joyaux.

— Donnez-moi, demanda Z…, du rouge pour les lèvres.

— Quel rouge ? Le clair, le foncé ? Le capucine ? le créole ? Nous avons aussi notre rouge liquide, *l'Éternelle blessure,* qui plaît beaucoup.

Z… s'assit d'un air résolu.

— Je les veux tous. Du moins, je prétends les essayer tous.

La moins jolie des deux blondes baissa les yeux.

— L'essai n'est pas possible, monsieur. Vous devez comprendre…

— Je comprends, interrompit Z... J'achète donc tous vos rouges, et je les essaie.

Cinq ou six petits cylindres de métal doré, un flacon minuscule furent présentés à mon ami, sur une haute table de vente nappée de daim. Avec un grand sérieux, et un cynisme qui me consterna, il se farda consciencieusement les lèvres.

— Vous êtes hideux, m'écriai-je. Votre moustache rognée, au-dessus de cette bouche incarnadine... Êtes-vous devenu fou ?

Il passa sa langue sur ses lèvres, les mordit, les essuya de son mouchoir, et ce fut le tour d'un rouge capucine, dont je perçus, de loin, l'odeur de banane aigre.

— Foin ! blâma Z... à demi-voix ; et il fit disparaître les traces orangées du rouge à la banane.

Un rouge sombre de bigarreau mûr le retint un moment. Rêveur, il clappait des lèvres d'une manière gourmande, et murmurait :

— Pas mauvais... pas mauvais...

Une des deux vendeuses, impassible, donna son avis :

— Je me permettrai de dire que le rouge capucine, pour votre teint, monsieur, est celui qui...

Je n'en voulus pas entendre davantage.

— Mon cher ami, dis-je sèchement à Z..., j'en ai vu assez. Je vous laisse.

— Attendez donc une minute, chère amie, je n'ai pas encore essayé le rouge liquide... Mademoiselle, quels sont les ingrédients qui composent le rouge liquide ?

— Il est à base de roses d'Orient, monsieur, additionné d'un soupçon d'essence de girofle...

— De girofle ? curieux. La girofle me tente... Veuillez m'envelopper aussi ce bâtonnet, « Cerises volées », si je ne me trompe. Merci. Ma chère Colette, je suis à vous, nous allons à pied jusqu'au bout de l'avenue ?

La curiosité l'emportant sur le scandale, j'attendis Z..., et je souffris qu'il marchât à mes côtés.

— Joli temps, dit-il avec innocence. Et je suis assez content de mes achats. Ma femme sera ravie.

— C'est pour elle ? Il fallait donc le dire !

— Non, ma chère. C'est pour moi. Ces fards qui changent la bouche de ma femme en piment rouge, en fraise, en pomme d'amour, réjouissent les yeux de ceux qui la regardent, mais...

— Mais ?...

— Mais c'est moi qui les mange, révérence parler. Je suis amoureux de ma femme. Elle m'aime à la folie — tout de même pas au point de m'offrir un épiderme sans poudre, une bouche d'un rose naturel. Jeune marié, j'ai enduré le double caprice de la mode et de ma femme. La fraîche fleur que je baisais, enduite toute une saison d'une rouge-violet décomposé, exhalait la fadeur des tisanes à la violette. Un hiver, je broutai — pouah ! — un cold-cream rosâtre, rance, préconisé contre les gerçures. Que dire de la saveur nocive d'un certain rouge-feu, couleur d'urticaire exaspéré, réservé aux fêtes sous les lustres et aux répétitions générales ?... J'ai pris le meilleur parti : je ruse avec mon malheur. Puisque notre amour conjugal ne languit point, je veux choisir les verges qui me fouettent, et j'achète moi-même le rouge à lèvres de ma femme.

Il soupira, et reprit :

— Que ne puis-je aussi, mordant à même ses belles joues, enlever la poudre, nuance maladie de foie, qui les couvre ! Sous ce jaune bilieux, rehaussé d'une tache hectique artificielle, ma dent retrouverait une carnation insoupçonnée de blonde, — vous en doutiez-vous ? — que je finirai par oublier...

— Mais, la nuit, Marcelle vous montre un véridique visage, bien lavé ?

Z... leva un bras et sa canne au ciel.

— Lavé ! ce n'est pas assez dire ! Récuré, fourbi, gratté au couteau d'ivoire, massé, passé au tampon d'éther, à l'eau bouillante ; — enfin délicatement enduit d'une pommade au camphre qui prévient la ride...

— Au camphre ? interrompis-je. Ce n'est donc plus cette mousse de glycérine, souveraine, dont Marcelle chantait l'efficacité ?

— Hélas, non...

Z... me prit le bras d'une manière complice :

— Faites pour moi, ma chère amie, quelque chose de très gentil. Ramenez Marcelle à la mousse de glycérine, que je connais pour sucrée, même un peu vanillée. Il n'est que temps. Car j'ai peur. J'ai peur du masque de boue, cette gadoue noirâtre dont les femmes, sans trembler ni vomir de dégoût, s'enduisent le cou et le visage. Le Grand Collecteur chez soi, entre deux draps de linon incrustés de dentelles, ah ! si vous saviez...

— « *Épandage* », produit de beauté.

Sur ce mot, qu'il accueillit avec une grimace amère, nous arrivâmes devant le logis des Z...

— Montez, me dit brusquement le mari inquiet. Ma femme se lève tard, nous la surprendrons à sa toilette. Je crains bien qu'en mon absence...

Il avait raison de craindre. Sa charmante femme, méconnaissable, laissait sécher sur son visage le résidu d'un cloaque, en couche égale scrupuleusement appliquée. Mais elle n'eut pas le loisir d'en paraître confuse, occupée qu'elle était à gronder vertement sa petite chienne :

— Allez, vilaine ! Cachez-vous, horreur ! Je ne sais pas ce qui me retient de vous donner, de vous envoyer à la campagne ! Je vous pardonne tout, mais pas ça, vous entendez, pas ça !...

La justicière tourna vers nous une face encroûtée de vase, où ses yeux bleus riaient, lotus des étangs fétides, et m'expliqua, désignant la chienne :

— Croyez-vous, ma chère ? Une petite bête que j'aime tant... Elle s'est roulée dans quelque chose de sale !

CHAPEAUX

Comment reconnaîtrons-nous, dans trente ans, la dame qui a été si jolie en 1924 ? J'ai bien peur que nous ne la reconnaissions pas. Celles qui ont été si jolies entre 1890 et 1900 se signalent à nous dans les rues, à l'église, au théâtre, en tout lieu où, comme on dit dans le Midi, elles « portent chapeau ». Voulez-vous parier que je vous désigne, entre dix ou douze vieilles dames, celle qui rêvait, ravissante, à vingt ans, et qui se taisait longuement parce que son silence enrichissait, plus que ses paroles, sa beauté romanesque ? Son visage renonce à tout, et sa robe de serge noire sent l'ouvroir, elle ne songe même pas à combler ses rides, à les poudrer, elle ne teint pas ses cheveux poivre et poussière. Elle ne soupire pas : « Ah ! si vous m'aviez vue… » Seul son chapeau reçoit une délicate mission, car elle arbore, hors de mode, inusitée, montée sur une armature en laiton léger, le fond tout petit et le bord très grand, vacillante, éclairée parfois d'une rose, une capeline de dentelle noire.

N'en doutez pas, voici le chapeau d'une blonde de vingt ans, aux yeux bleus, dont la bouche un peu pâle et la joue transparente prenaient tout leur prix sous un auvent de dentelle. Voici le chapeau d'un jour de triomphe ou de fiançailles, le chapeau qu'elle porta, fit copier, adopta, le chapeau dont elle disait, d'un air irréfutable : « Ce chapeau-là, c'est bien moi. » Elle a vieilli sans se défendre — sinon, que diraient les enfants, et le gendre, et le mari ? — mais point tout entière. Il y a des jours où elle risque encore, pour une assistance inconnue qui l'émeut, ce sourire en coin et ce regard plafonnant que nous trouvons si risibles : le sourire et le regard qu'elle portait à vingt ans, avec la capeline de dentelle.

Vous avez le cœur de rire — et je ne vaux pas mieux que vous — quand vous rencontrez l'autre vieille dame, celle qui nous provoque ingénument en coiffant le feutre batailleur, relevé à gauche, emplumé à droite, de la Grande Mademoiselle. Elle ressemble, ainsi chargée, à un vieil académicien, au singe de l'orgue, à une folle inoffensive. Elle est petite, ridée et douce, et tout le reste de son vêtement s'efface, laisse en valeur un chef scandaleux, aussi s'étonne-t-elle, jusqu'à perdre contenance, que nos sourires la suivent. Nous rions trop tôt, avant d'avoir trouvé sur un vieux visage le reste d'une de ces beautés guerrières qui appelaient la plume écumeuse, l'ombre asymétrique du bord dit « mousquetaire ». Soyez assuré qu'un aréopage craintif, secrètement amoureux, la nomma, au temps de son éclat, « Bradamante » ! La magie d'un tel nom frappe un esprit faible, aussi la mode du corsage-cuirasse, celle du feutre arrogant passèrent, sans que Bradamante s'en détachât.

Aujourd'hui, une famille éplorée l'adjure encore, parfois : « Voyons, maman... Je t'assure, grand-mère... » de revenir au sens de l'actualité, et elle promet tout ce qu'on veut. Même, elle va chez sa modiste, « une fille d'une intelligence remarquable, et qui, établie dans le centre, aurait tout ce qu'il faut pour réussir ! » Elle essaie une des petites formes que modèle le goût du jour. « Mon Dieu, elle ne me va pas si mal que ça... » Et puis elle essaie encore, se moque de son visage passé, lisse ses cheveux blancs, campe de nouveau la petite forme sur le bord de son front, fronce les sourcils, devient perplexe, enfin se décide : « Voilà, ce n'est pas qu'elle me déplaise, cette petite cloche, mais il lui manque... Vous me comprenez, mademoiselle, le bord manque un peu d'étendue, pour moi. Vous n'auriez pas une forme un peu plus... plus grande... au besoin vous me la feriez spécialement ? Plus grande, et surtout plus... Tenez, un relevé de côté me... m'avantagerait la physionomie, et nous pourrions, à droite, disposer quelque chose, une... je ne sais pas, moi... une plume d'autruche, par exemple, qui étofferait l'ensemble... »

Comment la reconnaîtrons-nous, dans trente ans, la Bradamante d'aujourd'hui ? Exaltée, contrainte, en proie aux rêves mais plus révérente que son aïeule, elle se cache, tout comme la Rosalinde en capeline de 1885, sous la cloche d'uniforme. La cloche, vous dis-je, la cloche, et encore la cloche. Le bord arrière touche le col de la veste longue ou du court paletot. Le bord avant descend en visière, à mi-hauteur de nez. L'œil droit là-dessous, un peu plus écrasé que le gauche, porte la marque d'une séquestration arbitraire : il prend l'habitude d'être un peu plus fermé que le gauche. Obligées de considérer toutes choses d'un regard plongeant, les femmes « portent au vent » comme des chevaux mal mis. Cloche, costume tailleur, écharpe multicolore, — costume tailleur, cloche, écharpe, j'oubliais les bas couleur gravier rose...

Un jeune homme que je connais donna rendez-vous à sa jeune amie au seuil d'un métro, et s'élança dès qu'il la vit paraître, nette sous son costume-tailleur, le cou deux fois ceint d'une écharpe, la petite cloche plus bas que les yeux, le cheveu invisible, la nuque rasée, l'ocre et le carmin sur la joue : « Enfin, c'est toi ! » C'était une autre, pareille. Une deuxième jeune femme réglementaire issant de l'abîme, le jeune homme s'élança derechef vers la cloche, la joue, l'écharpe, les bas, — il lui fallut essayer trois jeunes femmes pour qu'il tombât, si j'ose écrire, sur la bonne. Corrigé, il accueillit sa véritable amie avec une froide réserve, et tandis qu'elle l'en gourmandait à voix haute, il l'authentifiait, encore un peu halluciné : « Un grain de beauté sous l'œil, bon, et des pendeloques vert-jade aux oreilles, et quatorze bracelets de verre au poignet, je me souviendrai. » Mais au même instant on lui marcha sur le pied : une voix féminine, qui sortait d'un petit chapeau-cloche, lui dit « pardon » sur le ton d'une sèche réprimande. Il entendit le tintement d'un quarteron d'anneaux en verre tchécoslovaque ; il distingua, le long d'une joue plus brune et plus rose que nature, deux longs pendants de faux jade, et reçut dans l'œil le pan bariolé d'une écharpe. Alors un transport de peur et de colère souleva le jeune homme. Il se pencha, mordit la belle joue de son amie trop anonyme, et l'emmena, marquée de frais, comme la génisse élue du troupeau.

SEINS

Comment les aimez-vous ? En poire, en citron, en montgolfière, en demi-pommes, en cantaloup ? Vous pouvez choisir, ne vous gênez pas. Vous croyiez qu'il n'y en avait plus, que leur compte était réglé, bien réglé, leur nom banni, leur turgescence, aimable ou indiscrète, morte et dégonflée ainsi que le cochon de baudruche ? Si vous parliez d'eux, c'était pour les maudire comme un errement du passé, une sorte d'hystérie collective, une épidémie des âges tombés dans la nuit, n'est-ce pas ? Remettons, s'il vous plaît, madame, la chose au point. Ils existent et persistent, pour condamnés et traqués qu'ils soient Une vitalité sournoise est en eux, qui espèrent. « L'an prochain à Jérusalem », murmurèrent, pendant les siècles des siècles, d'autres opprimés. Ceux de qui je parle chuchotent peut-être : « L'an prochain dans les corsages... »

Tout est possible, le pire paraît probable. Assez de ménagements ! Sachez d'un coup toute la vérité : *il y a des seins !* Il y a des seins en poire, en citron, en demi-pomme... (voir plus haut). L'anarchie monte, — je lui souhaite de mériter le nom de soulèvement. Quoi, on refait le sein ? Sur l'emplacement déserté des vôtres, madame, je le jure. Vous voilà fraîche, comme on dit. On va reporter ces horreurs ? On les reporte. Mieux, on les fabrique. Respirez, madame. Qu'un profond soupir heureux émeuve vos tétons carrés de boxeur, ou votre troublante gorge d'élève de rhétorique, et maintenant vous pouvez choisir. Des coupelles en caoutchouc léger, peint aux couleurs de la nature, vous attendent. Vous hésitez entre quatre ou cinq types bien distincts ? Bah, achetez-les tous, car tous sont charmants. Oh ! les modestes seins des jours maigres, les arrogants appas pour la tunique blanche brodée de nacre, et ces deux mandarines sous le châle espagnol ! La manière de s'en servir est la plus simple du monde. Un lien presque invisible relie, à bonne distance, les deux fallacieux « avantages », deux autres liens, passant sous les bras, se nouent dans le dos. Voilées de dentelle ou de crêpe de Chine, ces coupes, vides, cachent le néant, et pleines rassemblent, immobilisent, sous leur dôme, des secrets de toutes parts répandus...

Vous voilà contente ? Non ? Je vois ce que c'est. Le résultat est trop parfait. C'est vrai. Une sorte d'indifférence, de mort sereine, fige le sein postiche, et par là même suggère le soupçon. Madame, attendez, je ne suis pas au bout de mon obligeance, et je vous offre... tenez, ces deux poches de tulle, qu'une marchande pleine d'humour surnomme « fourre-tout ». « Ce n'est pas malin », assure-t-elle, « mais il fallait y penser. Rien ne résiste à mon fourre-tout. Vous *en* avez trop, et de tous les côtés ? Je te vous les prends, je te vous les centralise chacun à leur place, allez, allez, il faut que tout rentre ! Vous n'*en* avez pas assez en largeur et trop en longueur ? Je te vous les attrape et je te vous les roule, je les moule en bonne forme — c'est une affaire de tour de main — et sous mon tulle vous en remontrez à Vénus ! Madame a remarqué le petit trou du milieu, pour laisser passer le bout du sein ? Ça, c'est le trait de génie. Ça donne la vie à l'œuvre entière ! »

J'aurais parié, madame, que je vous conquerrais à ce coup. Je vous vois tiède et indécise. Ah ! on ne ressuscite pas d'emblée un culte, et la double merveille, à jamais idolâtrée, vous la reniez encore. Votre nihilisme s'attache encore à la sentence sans concession : « Rien qui dépasse ! » C'est que nous voilà au fort de l'été. Vous partez vers la mer normande, vers le bain quotidien. Les femmes y sont tenues de montrer patte hâlée, fesse plate, et pas plus de hanche qu'une bouteille à vin du Rhin, tandis que ces messieurs feront fine taille, sanglés comme des cosaques, et le poitrail flatteur. J'arrive bien mal, avec mes façons de précurseur de seins. Je n'avais qu'à regarder, avant, les nouveaux costumes de bains pour dames, qui cette année dévalisent le rayon des fillettes. Foin du maillot de naguère ! Ou bien cachez-le, je vous prie, sous le petit tablier à carreaux, sans manches, que portait ma fille il y a deux ans. Coupée au ras de la cuisse, une robe de bambine de cinq ans, en taffetas ciré rouge à galons noirs, fera le bonheur de bébé quand maman ne se baignera plus. Petits volants, nœuds dans le dos, jupe de six pouces au bas d'une tunique enfantine, sarraus jusqu'ici réservés à la laïque, élégances de cours élémentaire, voilà, voilà pour Dinard, voilà pour Deauville ! Baigneuse, je conçois que le sein vous effare. Vous craignez, en l'arborant sous le sarrau claudinien, de vous donner ce petit air « Chas-Laborde » qui guette toute dame mafflue costumée en gamine, et vous avez raison. Adoptez donc, entre chair et soie, l'épiderme supplémentaire récemment inventé : le justaucorps de caoutchouc pur qui de l'aisselle à l'aine, et même plus bas, vous étreint mieux qu'un amant. Sa force dissimulée, opérant de toutes parts, ne se révèle qu'à l'usage. Qu'importe s'il ramène le style du corps féminin au gabarit du seul cylindre ! Saucisson vous devez être, saucisson vous serez. En même temps qu'un lent étouffement accélère les battements de votre cœur et rougit votre joue, goûtez les plaisirs subtils d'une transpiration odorante, qui emprunte au caoutchouc pur sa base sulfureuse, au corps humain son acidité… Je ne vous en dis pas plus. Adoptez, madame, ce cilice élastique. Vous verrez qu'il sert à la fois la mode et la vertu.

PRESSE-PAPIER

— Celui-là ? Quinze cents francs. Il est signé et daté, voyez...

Je vois. Je vois qu'au centre du presse-papier hémisphérique, en verre massif, se presse une floraison de berlingots dont la section nette présente la figure d'une étoile, d'une rose, d'un petit écureuil, d'une holothurie, d'un canard, ou l'hexagone branchu, ramifié, des cristaux de la neige vus à la loupe. Le tout, ramagé de tons francs, évoque le fond des mers, un jardin à la française, un bocal d' « acidulés » viennois, et coûte quinze cents francs.

Quinze cents francs. Je considère l'objet sans ironie, et je le compare avec celui que je possède, qui est plus beau encore. Au temps où ma très chère Annie de Pène et moi nous hantions les marchés aux puces, nous payions trois francs, ou cent sous, ces bibelots que la vogue consacre et cote à présent. Nous les cachions, pour nous repaître en secret de leur monstruosité puérile... Annie faisait grand cas d'un presse-papier où des bulles d'air prisonnières brillaient comme des perles de mercure au-dessus d'une pensée immergée.

— Mais, disait-elle avec mélancolie, je sais que « celui » au myosotis et à l'hirondelle appartient à une dame P... qui ne veut pas le vendre, et cette idée-là m'empoisonne la vie !

Elle riait ; le rire allumait un point doré dans ses yeux bruns, les plus malicieux, les plus clairvoyants yeux bruns qui puissent embellir un visage de blonde. Déjà l'engouement naissait. Ses victimes discrètes le tenaient caché, ou bien s'excusaient, surprises, comme d'une monomanie : « Qu'est-ce que vous voulez... C'est affreux, ce machin en verre, mais il me vient de mon grand-oncle... Ma mère l'avait toujours sur sa table à écrire... » Annie de Pène prophétisait :

— Vous verrez, ils n'y viendront que trop tôt, aux presse-papier ! En attendant, le pharmacien de la rue de la Pompe me dégoûte. Ce matin encore, je lui ai acheté du bicarbonate de soude dont je n'ai aucun besoin, et des pâtes pectorales qui me font mal au cœur, dans l'espoir qu'il me vendra son presse-papier à la rose rouge : encore dix francs de fichus, rien à faire !

Elle prétendait, avec raison, que ces œuvres maîtresses des verriers se réfugiaient chez les concierges, et elle franchissait soudain, au cours d'une promenade, le seuil d'une loge : « À quel étage, Monsieur Defaucomprey ?... Madame Etcheverry, c'est bien au troisième ?... Les ateliers de Messieurs Barnavaux et Coquelourde, s'il vous plaît ? »

Le temps de poser la question et d'entendre la réponse lui suffisait. Parfois l'agile et brillant regard marron découvrait sur la cheminée, rond, bombé, pareil au cryptogame lumineux des zones d'ombre, un presse-papier... Alors Annie, toute miel et paroles choisies, savait engager la conversation, louer l'enfant, caresser le chat, rapprocher enfin du presse-papier, par cercles concentriques, son impérieux désir... Mais un jour qu'elle requérait ainsi, sur le ton d'une assurance parfaite, un « Monsieur Gaucher » improvisé, la concierge lui répondit sans quitter son fauteuil :

— Le voilà justement qui descend, faites-lui signe, autrement il va passer sous la voûte sans s'arrêter...

— Non, non, interrompit précipitamment Annie, je n'avais que ceci à déposer pour lui... Vous le lui remettrez quand il repassera. N'oubliez pas, surtout !

Elle m'entraîna, abandonnant lâchement un mètre vingt d'excellent caoutchouc à jarretelles, qu'elle venait d'acheter.

Les voilà donc à l'honneur, ces pustules, incestueux produit du bonbon anglais et de la lentille grossissante. Ils ont aussi quelque chose de la méduse, qui peut-être les inspira. N'empêche qu'on cite maintenant des collectionneuses de presse-papier, Mme Lanvin, Mme Bouniols ; Germaine Beaumont et Pierre Battendier se partagèrent les pièces rares assemblées par leur mère, Annie de Pène. L'Hôtel des Ventes, qui pourtant en a vu bien d'autres, s'effara de certaines enchères, le jour où un amateur inconnu dispersa, l'an passé, sa collection. Combien de temps durera le nouveau snobisme ? Plus longtemps qu'on ne croit, comme chaque fois que la mode s'attache à un objet noblement, absolument inutile. Or, le presse-papier tient à l'art pur par son inutilité. Il ne presse aucun papier, il ne se suspend pas au mur, ne se monte pas en lampe comme un vulgaire pot persan, ne se brode pas au point de croix comme une toile ancienne, ni ne couvre un abat-jour comme une soie précieuse, et l'on n'a jamais entendu dire de lui qu'il s'accommodât de devenir sac à main. Il échappe à tous les emplois avilissants, à l'esprit exploiteur de la femme de notre temps, qui sacrifie tout à l'ameublement et soupire devant une vierge du XVe, élancée et rigide : « Quel ravissant pied de guéridon ! » Ce n'est pas le presse-papier qu'on aménagera en divan, ni en appareil téléphonique « de style » ! On ne le débitera pas en feuilles pour l'appliquer en tenture de boudoir, comme un humble paravent de Coromandel ; il se rit de l'agencement ingénieux des boîtes à poudre, et hausse l'épaule, si j'ose écrire, devant l'onyx façonné en étuis à cigarettes.

Répondant à la collectionneuse en mal d'invention qui s'interrogeait : « Sera-t-il dieu, table, ou cuvette ? », il a choisi d'être dieu. Convexe, non mieux que le front d'une épouse têtue, il règne, propre à rien, poli, et reçoit l'encens des fidèles. Son âme de cristal laisse deviner tout ce qu'il pense, et il pense peu. Il est divers et naïf, attestant ensemble la ferveur et l'ignorance de ceux qui le modelèrent. Une fleur, un petit mouton d'argent, un cactus, un rêve confus de faune marine, une croix rayonnante, l'emblème de la Légion d'Honneur... C'est assez. Notre imbécillité fait le reste. Mais il faut compter aussi, à l'actif du « bibelot du jour », sa forme, voisine de la sphère, et son épaisse matière, translucide et déformante. La sphère de cristal, abîme, piège des images, ressource de l'esprit las, génératrice de chimères, n'a pas fini de tenter mystérieusement l'homme. Quand je demandais à Annie de Pêne : « Pourquoi aimons-nous ces boules de verre ? » elle répondait :

— Laissez-moi tranquille. Je n'en sais rien. Une boule de verre, ça mouille la bouche. C'est probablement un péché.

NOUVEAUTÉS

Vous prenez un marabout, vous le rasez. Et pour que la mesure de son ignominie soit comble, vous le dégradez, avant de l'exposer à tous les regards… Si ces lignes tombent sous les yeux d'un musulman, son sang ne fera qu'un tour. Humilier ainsi un saint de l'Islam !

Heureusement il ne s'agit que d'une garniture en vogue. Pour ce qui est de dégrader le marabout, passe encore. Du rose au rouge, du violet au bleu, il n'en sera pas plus laid. Mais le raser… Pourquoi pas tondre un poussin, ou épiler un angora ? Le lapin et le marabout, tous deux rasés, s'apparentent paradoxalement à cet autre monstre qui déshonora si longtemps nos chapeaux : l'autruche glycérinée. (Que Joseph Delteil me permette de lui dédier, en offrande délicate, ces deux mots singulièrement accolés : je ne saurais oublier qu'il est l'auteur de l'*Éponge incestueuse*).

Étrange industrie que celle qui s'empare d'une parure animale duveteuse, légère, chaude, suave au toucher, pour la détruire par la chimie ou l'électricité, et proclamer ensuite : « Voyez cette peau méconnaissable, dont nous avons fauché l'herbe vivante et laissé le chaume ! Voyez ce balai quasi chauve, pleureur, dont les derniers brins furent agglutinés par une savante mélasse ! Voyez ces fibres de plumes tressées étroitement, où adhère encore un restant de leur duvet ailé ! Ces résidus, vous les porterez orgueilleusement en panache et en caparaçon, et, ce qui est plus fort, personne ne rira ! » En effet. J'en pleurerais plutôt.

Vite, jetons-nous dans l'ivresse, pour oublier. L'ivresse de la délivrance, le grand souffle des révolutions ! La petite cloche sonne son propre glas. Au moment où l'on renonçait à la détrôner jamais, le petit chapeau concave meurt soudain. On lui renouvelait son mandat depuis plus de deux lustres. Le voilà ruiné, assure-t-on. Par qui ? Peuh… des usurpateurs sans imagination, qui prennent l'excentricité pour du courage : la calotte hexagonale, le haut-de-forme, le moule à gâteau, le seau renversé, le pot-de-chambre ancien régime. Coiffons le seau tronconique qui « fait oriental », le moule « amusant », l'hexagone réputé — qui l'eût cru ? — pour rajeunir, le haut-de-forme « genré », et le pot-de-chambre qui « fait » — je vous le donne en mille — « correct ». Goûtons ces licences éphémères, dont les jours sont comptés, car dans l'ombre elle veille et se repose, assurée d'un retour triomphal, elle, — la petite cloche.

Éteignoir charmant, aimable abri des orbites fatiguées, vous voilà au rancart. Fruit d'une logique rudimentaire, c'est le chapeau-tube, à présent, qui couronne le chef-d'œuvre de géométrie revêche qu'on appelle la robe-tube et qui n'a, comme la poupée de Jeanneton, ni devant ni derrière. Ô sadisme, ô mortification ! Habiter, ne fût-ce que quelques heures par jour, un tuyau de poêle, l'intérieur d'un drain, d'une baguette de macaroni ! La femme moderne y trouve une volupté étrange. Comme chaque fois que la mode réduit en épaisseur et étire en longueur le malléable corps féminin, certains accessoires de la toilette se déforment dans le sens opposé. Telle la haute tige du chou de Bruxelles se parant, le temps venu, de tumeurs comestibles, étagées, la femme-tube suspend à son cou, à ses oreilles, des excroissances d'argent creux, rondes, considérables par leur volume sinon par leur poids. L'argent fut toujours un métal pauvre, et triste. Les boucles d'oreilles en argent terne, les ternes colliers en boules d'argent tiennent beaucoup de place, brillent peu, noircissent la peau, et plus d'une négresse les dédaignerait, préférant la verroterie. Ces sphères, modestes quant à l'éclat, n'emprisonnent même pas le reflet caricatural qui danse au ventre de la boule de jardin étamée, leur rivale étincelante. Mais elles surprennent, sphériques, sur une femme filiforme, flanquée en outre d'un parapluie… Un parapluie ? Est-ce bien un parapluie ? J'interroge de l'œil l'objet qu'oublia chez moi Madame Blanche Vogt. Elle passa, et je devinai qu'elle arrivait tout droit d'une propriété cancalaise qui jouxte la mer ; car elle portait une robe de soie légère, rouge vif, imprimé de fleurs violettes et jaunes, des souliers de chevreau écarlate et des bas couleur de chair. Ces apprêts maritimes trouvaient leur achèvement dans un petit parapluie de taffetas mordoré, haut de quelques pouces et plus large que haut, dont le manche était figuré par une massue terrible et probablement préhistorique ; mais un caprice récent avait ciselé, dans l'épaisseur de son bois dur, des guirlandes de fleurettes peintes au naturel.

…Je n'ai pas encore restitué à sa propriétaire l'étrange parapluie, nain costaud. Je l'ai rangé à côté d'une sirène de bois sculpté, naine aussi, très vieille, émergée d'on ne sait quels abîmes, à côté d'un cul de bouteille en verre verdâtre ramassé sur la grève, poli, fondu, transparent et trouble comme une méduse, à côté de deux coquillages rares, aux lèvres de rose… Chose curieuse, mes amis s'exclament à la vue de la sirène, du joyau de verre et des coquilles, mais ils n'ont pas un cri de surprise pour la perle de ma collection, le casse-tête couronné de fleurs, juponné de taffetas hanneton, — enfin le parapluie.

Je voulais dire son fait, en deux mots, à l'ottoman, vieux beau qui revient de loin, lustré à neuf ; deux mots touchant sa mauvaise grâce à nous draper, sa gravité déplacée, son humeur qui se froisse d'une goutte de pluie. Mais m'en voici détournée par une rêverie musicale. Le roi des tisseurs ne se borne pas à inventer des tissus, il invente aussi leurs noms. Néologismes hardis, sons aussi riches que l'arabesque, aussi doux que la laine tibétaine, vous caressez l'oreille d'une harmonie qui participe de la sauvage mélopée et de la fumisterie. Ce n'est pas pour vous que je parle, kasha, kasha au nom de chat :

> *Sur ton sein ravissant que ta pudeur cacha,*
> *Belle, croise et recroise une écharpe en kasha !*

Mais, quand je lis le los de la crépellaine, du bigarella, du poplaclan, du djirsirisa et de la gousellaine — j'en oublie ! — une griserie phonétique me saisit, et je me mets à penser en pur dialecte poplacote. Souffrez qu'en vous quittant, lectrice, j'empoigne mon filavella, je chausse mes rubespadrillavellaines et je coiffe mon djissaturbanécla ; la marée baisse, voici l'heure d'aller pêcher, dans les anfractuosités du rockaskaïa, le congrépellina et la dorade zibelinée.

ARRIÈRE-SAISON

Voici venir l'hiver. Hardie constatation, qui date de quelques semaines déjà, et particulièrement du jour où je vis s'installer, sous la massive arcade de la Porte Saint-Vincent, à Saint-Malo, la première marchande de marrons. Avant elle, l'élégance anglaise, conquérante des remparts malouins, annonça les frimas. Le Tout-Londres malouin n'hésite pas devant ces innovations audacieuses qui étonnent l'œil et séduisent l'âme de l'artiste. C'est l'admiration, sans doute, qui me tint immobile à la vue d'une jeune insulaire, sereine malgré l'averse sous une cape de marocain noir à col de singe. Quelque artifice de mode simulait, à la hauteur des épaules et dans la partie inférieure de la cape, les plaques verdâtres qu'imprime le cambouis dans toute étoffe noire. Sous la cape, on devinait une ravissante robe-chemise en coton natté, d'un rose passé et comme tourné au jaune. Et la frange de fourrure noire qui ourlait le bas du vêtement n'était pas si longue qu'on ne pût apercevoir, coquets autant qu'imprévus, deux pieds nus, chaussés d'espadrilles bien curieusement décolorées par un de ces procédés dont les « chausseurs » de génie taisent le secret. Que dire du chapeau, toile nationale mauve et ruban écossais ? Comment louer le sac-réticule en cuir repoussé et peint, le sautoir de boules vertes enchaînant un face-à-main ?

Portant ce souvenir ébloui, je cherchai en vain un « ensemble » analogue dans les grandes collections, où pourtant m'attendait plus d'une surprise.

— N'est-ce pas vous, demandai-je à Lucien Lelong, qui lancez la robe en coton natté rose, recouverte d'une cape en marocain ?...

Je n'avais pas achevé ma phrase que le jeune et bouillant couturier m'échappait criant : « La culotte de Mme de X..., voyons ! Comment, elle n'est pas prête ? Il fallait seulement lui repincer le fond, et lui piquer deux pièces de peau de daim sur les... ». Le reste se perdit dans des claquements de portes. Un délicat salon de laque s'ouvrit et laissa couler l'acide filet d'une voix fluette : « Non, Madame Jeanne, pas de poche-revolver. Et le bas du veston arrivant à la longueur du pantalon, pas une ligne de plus ! »

Le mot « ski », jailli de lèvres invisibles, m'éclaira, au moment où je tremblais de me voir contrainte, pour faire comme tout le monde, au smoking, ou à l'horrible pantalon, dit de fantaisie, qui contracte avec la jaquette une irrémédiable union sans raison ni amour.

Sports d'hiver, je reparlerai de vous. Vous mordillez, de décembre à février, la jupe féminine, vaincue de juillet à septembre par la vague et le soleil. Vous tenez dans l'année une place que mesurent la bise d'est porteuse de neige, le vent d'ouest qui fond les glaciers. Mais vous avez pour complices la saison de la chasse, le bain de mer, l'exploration africaine, l'équitation, qui, comme vous, dépouillent la femme de sa vieille entrave, la robe. Chaque saison à présent tolère, favorise la femme culottée, et le couturier, doué d'un flair de chien courant, se change en culottier, en tricoteur, en tailleur militaire, plutôt que de perdre la moitié de ses profits. Il renchérit sur l'engouement garçonnier de la femme, et, faisant sagacement la part du feu, supprime à peu près le costume de transition, devenu inutile entre les jambières sportives du matin et les broderies molles du soir. La « bonne robe solide » a vécu. Mais la culotte Saumur pour dames prospère, et le lamé aussi.

Lamés d'or, lamés d'argent, de cuivre, d'acier, — ils se ressemblent par l'éclat sec, toujours un peu papier-de-chocolat, par la froideur râpeuse, et par l'odeur. La mode persistante du lamé démontre la grossièreté des sens féminins, particulièrement de l'odorat. Car le fumet d'une robe de lamé, humectée au cours d'une soirée chaude, oxydée pendant la danse, passe en âpreté le fier arôme du déménageur en plein rendement. Elle fleure l'argenterie mal tenue, le vieux billon, le torchon pour les cuivres ; sa trame de soie, ni les parfums qui l'imprègnent, n'atténuent rien, au contraire.

L'autre jour, une amie mince — je n'ai que des amies minces, — se divertissait à essayer sur elle-même les robes du soir qu'elle convoitait, chez son couturier. « Je fais petit 42 ! » affirme-t-elle à tout propos. Comme une épinoche son nid, elle traversait agilement ces chalumeaux étroits auxquels, selon l'étoffe, on donne le nom de trotteur du matin ou de robe pour le bal ; elle entrait par la tête, sortait par les pieds, dansait le pas du paon devant les miroirs, feignait par chic l'aimable scoliose qui fut à la mode déjà du temps d'Albert Dürer, et fumait, ma foi, comme un petit cheval au dressage. Une robe de lamé or et acier sur fond vert l'attirait, moins pourtant qu'une autre, lamée d'argent sur noir ; mais vint une lamée cuivre sur brun qui, selon l'expression énergique de mon amie « foutait tout par terre », et que détrôna cependant une lamée argent et or sur rose pâle. Je blâmais en moi-même la fâcheuse uniformité de leur coupe : tuyau de métal, tout droit, établi sur soubassement de fourrure. Une seule robe, fendue du haut en bas, laissait voir un dessous de crêpe vert, et la vendeuse, secourant la perplexité de mon amie, l'informa que « beaucoup de ces dames portaient une fois la fente devant, et une fois la fente derrière ». Elle ajouta, mystérieuse, que l'hiver prochain verrait des robes du soir « encore plus pratiques » grâce à deux ouvertures latérales placées au-dessus de l'ourlet : « Vous tournez votre robe tête en bas, vous passez les bras dans les ouvertures, et conséquemment la broderie, ou la fourrure, se trouvent en haut et donnent un aspect nouveau. Qu'en pensez-vous, Mesdames ? »

Mon amie mince ne répondit pas tout de suite, réduite qu'elle était à l'état de bernard-l'ermite, insérée dans un fourreau récalcitrant, les bras levés et battant l'air, à l'aveuglette, au-dessus de la tête invisible. Je sentis que je devais, comme on dit au théâtre, occuper le temps froid :

— Je pense, suggérai-je avec humour, qu'il serait peut-être plus simple d'apprendre à vos clientes à marcher sur les mains ?...

Un regard combatif me rappela, trop tard, qu'on ne gagne rien à affronter, spirituellement parlant, les chauffeurs de taxi et le personnel de la couture :

— Les modes anglaises n'intéressent guère, en France, que les commerçants en *christmas-cards* et en jeux de *mah-jong*. Pour ce qui est de marcher sur les mains, nous laisserons cela à la duchesse de Sutherland, qui s'en acquitte comme personne.

FOURRURES

Elle a une automobile, mais elle n'a pas de collier de perles.

J'ai, tu as, nous avons un collier de perles, mais elles ont, auront, auraient eu une fourrure.

L'automobile de mon cousin est plus petite que le collier de perles de ma tante.

Si votre grand-mère eût eu un collier de perles, votre mère eût acheté une fourrure et vendu son automobile...

Obligatoire, dans un an ou deux, l'emploi du petit manuel de conversation et de syntaxe que je cite n'est encore que facultatif. Il contient, en outre, trois cents phrases obtenues en combinant heureusement les mots automobile, collier de perles, fourrure, avec des vocables de second ordre comme *château, Deauville, avion, chantage, carat, suicide, dissimulation de capitaux,* etc., et par là suffit à tous usages. Une édition de luxe comporte, m'assure-t-on, la liste des colliers, des fourrures et des autos célèbres. Cette liste, soigneusement tenue à jour, permettra de constater qu'un collier de perles et une automobile se déplacent dans des sens exactement contraires, mais qu'une fourrure, si elle ne s'attache pas définitivement à une propriétaire, disparaît sans laisser de traces, telle une source bue par le sable désertique.

Certaines jeunes femmes — une femme pourvue de tout est inévitablement jeune — possèdent ensemble le collier, l'auto et la fourrure. Au lieu de se reposer alors dans une sérénité stagnante, elles abandonnent le soin du collier et de la voiture pour se consacrer à une collection, savamment graduée, de manteaux de fourrure. Hiérarchiquement, le manteau va du vison à la zibeline, en passant par le chinchilla.

J'ai connu une artiste, — artiste du genre femme-du-monde, c'est-à-dire le minimum de charme et le minimum de talent, — à qui manquait, entre un vison hors de pair et une zibeline avec pedigree, le degré chinchilla. Elle en gardait une amertume constante, et un sourire de femme qui a perdu une dent incisive. Une autre artiste, jeune et charmante, se trouve actuellement au bord, si j'ose écrire, d'un manteau de zibeline dont l'attente, le guet passionné lui communiquent la trépidation physique, la danse d'un pied sur l'autre qu'on voit aux enfants tourmentés d'un besoin longtemps retenu. Elle en est à rudoyer son chinchilla de l'année dernière, et à traiter — je vous l'assure ! — de « fourrure de petite grue », son propre vison d'il y a deux ans, qu'elle accuse d'avoir rougi...

« Maître » fourreur, puisque c'est ainsi que vous vous baptisez, vous comptez par milliers vos esclaves. Vous savez que les temps et les rôles sont changés, et ce n'est pas vous qu'on entendrait, incliné sur un seuil, dire à une cliente : « Madame, votre serviteur ». Endettée, la cliente plie l'épaule sous votre main de fournisseur — ou de fournisseuse — chic, et sait le prix de l' « au revoir, mon petit ! » que vous lui jetez du haut de l'escalier. Elle ne l'a pas volé, Notre-Seigneur fourreur. Rappelez-lui, chaque fois qu'il le faudra, qu'elle est la descendante humiliée de celles qui attendaient, grelottantes dans l'ombre d'une caverne, qu'un mâle jetât sur leur nudité quelque toison, sanglante encore. Vous n'aurez pas besoin de lui rappeler de quel abandon la petite femelle préhistorique payait la peau de la bête,

Car ça c'est des chos's qu'un' femm' n'oublie pas...

Mais vous vous souciez peu, fourreur, de ce genre voluptueux de bagatelles. Vous inventez, et il faut voir comme ! Il n'y eut jamais moins de bêtes à fourrure, ni plus de pelleteries. Le lapin, sollicité de cent manières, n'a pas dit son dernier mot. Ce n'était point assez qu'une neige impalpable, chue de vos mains sur la dépouille du rat, l'élevât vers le chinchilla inaccessible ; il vous faut maintenant des mariages entre le fauve et sa victime, et vous nous offrez, sérieux comme un trappeur des Batignolles, la « gazelle façon panthère ». Croisements qui profitent au banal dialogue de vendeuse à cliente, et le moindre achat d'une « nappette » bafoue l'histoire naturelle. C'est une honnête marchande de pelleteries qui me vantait, à Toulouse, la beauté d'un grand lé de burnduck :

— Voyez, madame, comme la couleur est égale d'un bout à l'autre de la nappe ! C'est du très beau burnduck.

— Naturel, n'est-ce pas ?

— Oh ! vous ne voudriez pas, madame ! Le vrai burnduck n'est pas solide ; celui-ci est fait avec des petits visons ras. Si vous préférez, pour de beaux parements et un bas de manteau, cette panthère, vous en serez contente ; nous ne sommes pas de ceux qui font de la panthère avec de mauvaises gazelles, je peux vous le garantir !

— Vraiment ?

— Sur facture, madame ! Toutes nos panthères sont faites sur véritables peaux de chevrette.

AMATEURS

Consacrant, élargissant un privilège, jusqu'alors réservé à MM. Sacha Guitry, Fauchois et Verneuil, le Casino de Monte-Carlo lance cette année l'auteur-acteur. Foin du professionnel ! Qu'attend le public, en somme, d'un premier rôle portant un nom célèbre ? Du talent, de l'émotion, une maîtrise admirable de soi-même, et la pure diction acquise par un long travail ? C'est bien peu. C'est monotone. « Engageons donc, s'est dit le Casino-Théâtre, les auteurs eux-mêmes, et lâchons-les à travers leurs œuvres. Pour le public, nous ne savons pas encore ce qu'il en pensera, mais les vrais acteurs auront sans doute, à ce spectacle nouveau, un bon moment de gaieté, et franchement, c'est bien leur tour. Ce genre de galas théâtraux assumera tout de suite un petit caractère bon enfant d'improvisation, d'inexpérience gentille. » En foi de quoi le Théâtre-Casino engagea Tristan Bernard, Jean Sarment, Jacques Deval, pressentit Maurice Rostand, réquisitionna Léopold Marchand et Colette. Puis il s'assit, en Théâtre-Casino qu'il est, sur son ample derrière blanc, se frotta les mains d'avance, et regarda les évolutions de son escouade d'auteurs-interprètes, en attendant le moment de rire...

Il l'attend encore. Il rêve, devant la mer bleue, à cet emploi de dramaturge-interprète auquel son autorité de Théâtre-Casino monégasque vient de donner une consistance, une existence officielles, à cet amatorat, oserai-je écrire, qui ne demande qu'à se professionnaliser. Où donc, la rigolade promise ? Où donc, l'improvisation bon enfant et farce d'atelier ? Voilà, ma parole, des auteurs qui répètent comme s'ils n'avaient pas d'autres chats à fouetter, qui savent marcher en scène et ne se prennent pas les pieds dans le tapis, qui se maquillent comme des danseuses anglaises, prennent des temps et font de l'œil dans la salle ? Voilà des intrus qui ne boudent pas à une journée et une demi-nuit de travail consécutives, qui ne clignent pas devant la rampe et voyagent avec leur flacon de gargarisme ? Mais c'est une trahison ! Mais ce n'est plus drôle du tout !

Mon cher Théâtre-Casino, ne vous découragez pas. C'est tout de même beaucoup plus drôle que vous ne le croyez, — d'abord pour nous autres, nous autres dissidents, qui nous mêlons de porter nous-mêmes notre texte devant le public, une fois par-ci, une fois par-là, et qui nous amusons royalement. Jean Sarment ne partage peut-être pas mon avis, mais c'est que Jean Sarment, acteur-né, auteur de race, n'a plus de violon d'Ingres qui grince voluptueusement. Demandez à notre Tristan national s'il n'aime pas, par-dessus toutes choses, jouer la comédie ? Demandez à Jacques Deval s'il ne goûta point pendant le temps que je lui fis répéter un rôle de « Chéri », le plus vif et le plus coupable plaisir ? Que ne surprîtes-vous mon collaborateur Léopold Marchand devant son miroir, et le visage empâté de fard, alors que, taraudé par une conscience professionnelle (?) exagérée, il « cherchait » son visage de boxeur et se changeait tour à tour en vieux général, en garçon de bistrot, en peau-rouge, en lépreux et en charmeur hindou ! En celui-ci brillent les qualités éclatantes de l'amateur-interprète de grande race — et je ne dis pas cela seulement parce que Léopold Marchand cote un mètre quatre-vingt-cinq sous la toise — les mêmes qualités qui rehaussent Jacques Deval. Jacques Deval comptait les lignes du rôle que je lui offrais, et faisait la moue : « Dans ma propre pièce, dit-il négligemment, j'en dégoiserai dix fois autant... » Aussi dédaigna-t-il le rôle de Desmond dans *Chéri*. Léopold Marchand n'osa pas l'imiter, mais il attacha un regard torve sur l'excellent Basseuil, homme de métier, titulaire d'un emploi plus important dans la même pièce. Et il essaya de se consoler en achetant, pour paraître dix minutes en scène, un complet de cinquante louis, plus une paire de gants de boxe de soixante-dix francs, des souliers spéciaux, un chandail anglais de quelques livres sterling et une casquette à carreaux mauves, qui m'arracha un sourire... On ne blesse pas impunément l'amateur-né : « Est-ce que je vous reproche, me dit aigrement celui-ci, vos trois robes de chez Lelong ? Trois robes, une par acte, pour jouer trois fois ! » La mauvaise foi masculine va chercher au plus bas ses arguments. À quoi bon discuter ?

Il n'en demeure pas moins que la Compagnie des auteurs-acteurs « fait mode », comme on dit. Elle durera... le temps d'une mode ? Il y a des modes bien tenaces, voyez la robe-chemise...

La mer, devant moi, est bleu-féroce, et vert-cru sont les palmiers sur fond de panneaux-réclame. Mais la violette sent la violette, et le raisin d'Italie, couleur de madère, se met à la portée de toutes les bourses. J'oublierais facilement ma dignité d'auteur-interprète si l'ombre, furtive autant que gigantesque, de mon collaborateur ne barrait un moment la place, sortant d'une officine de parfumeur où il acquit, je gage, quelque bâton de fard qui manquait à sa collection d'amateur. Ponctuels et d'une gravité papale, nous serons l'un et l'autre en avance, ce soir, dans nos loges d'artistes, comme de braves amateurs que nous sommes. Avec nous, la direction est bien tranquille. Elle oublie les angoisses suscitées par Tristan Bernard, qui, la semaine dernière, s'évadait pour aller miser entre deux répliques de son rôle...

Cher Tristan, quoi que vous fassiez, vous n'en serez jamais un, vous, — un amateur !

POCHES VIDES

Ça y est. Nous avons bouclé le circuit, mais avouons que nous sommes à plat. Vidés, saignés, nous voilà assis sur un coussin moderne qu'on nous a donné trop tard pour que nous l'envoyions, une rose épinglée à son gros ventre lamé, chez une amie. De là, nous voyons venir, avec terreur, Pâques, qui couve ses œufs…

Les enfants ont été gavés. Écœurés de bonbons, de cinéma et de cirque, ils ont regagné l'hygiénique lycée, où ils reprendront bonne mine. Ils parleront moins, entre eux, de leurs cadeaux que de ceux que reçurent leurs parents : « Moi, la nouvelle six-cylindres de papa… » « Et tu penses, quand maman a ouvert l'écrin… » Ce sont des enfants d'aujourd'hui, avides, impatients. Ils acceptent le cinéma en attendant le voyage, et le jouet mécanique en attendant l'automobile. Ma fille, à onze ans et demi, annonce, au vol, la marque de chaque auto qui passe, et ne se trompe pas. Elle calcule à mi-voix et demande : « Combien faudrait-il d'années d'étrennes ordinaires pour faire une cinq-chevaux ? » Elle ignore, la pauvre, qu'il n'y a plus d'étrennes ordinaires. Décembre a amené le marron à vingt francs la livre, la rose à huit francs pièce, et la truffe à cent francs le kilo. La petite soupière en Pont-aux-Choux cotait mille francs en vitrine, la veille du jour de l'an ;

— elle s'amende en janvier, mais nous n'avons plus d'argent pour l'acheter.

Janvier, mois des poches vides ! La neige, en haut des monts, nous appelle, mais tout se paie, et la neige est aussi chère que le marabout blanc. Quelle femme oserait la fouler sans avoir revêtu culotte Saumur, bas doubles et triples, bottes à clous, sweaters, manteau de peau et de poil, écharpes, gants-édredon ? L'équipement ruine le touriste avant qu'il ait atteint le flanc de la montagne ; à quoi serviraient les profondes poches, boutonnées, doublées de cuir ? Endurons ce mauvais mois, soucieux comme le front d'un directeur de théâtre. Avec un courage de scaphandrière, plus d'une femme, ce mois-ci, plonge dans des coffres dédaignés, dans des armoires confiées à la nuit et au camphre. Car, vidée la bourse, il faut pourtant « tenir » jusqu'aux modes de printemps, encore que « les fêtes » aient mis hors de service une bonne part de la garde-robe. La tunique perlée, lasse de danser, agonise ; un feu d'artifice en chambre et la sauce du pudding vieillirent d'un an le fourreau de velours, et croyez-vous que ces pluies obstinées soient conformes à l'hygiène du crêpe marocain d'après-midi ?

« Il faut aviser », disent les femmes. Elles avisent. Entre janvier et mars, Madame, vous rencontrerez vos amies parées de neuf, — et vous vous récrierez, avec une outrance dans la louange qui forcera l'explication : « Ça ? répliquera l'amie, mais c'est mon trois-pièces de chez X…, voyons ! Il a quinze mois, ma chère, et je n'en rougis pas ! » Ceci se chante d'une voix probe, haute, franche, qui s'adoucit, se fait négligente pour ajouter : « Avez-vous remarqué que les nouvelles collections reprennent justement ce détail de l'encolure et le croisé de la jupe ? C'est assez curieux. »

Poches plates, cœurs gros — c'est le mois des grandes résignations féminines. Mon amie Valentine, en janvier, marque la gêne d'une paonne en temps de mue. Chaque nouvelle année, comme un flux d'équinoxe, ramène chez elle des manifestations invariables d'économie. La semaine des Rois, elle grignota chez moi sa part de galette de plomb, et le vin de paille lui délia la langue, — résultat auquel eût suffi un simple verre d'eau.

— C'est fini, me dit-elle. Je renonce.

L'idée d'une prise de voile m'effleura ; quand même je m'informai.

— À quoi ? mais aux couturiers, donc ! Merci bien ! Ils ne m'auront plus. Et c'est sans regrets, vous savez ? Je viens de découvrir une de ces perles… Pour deux cent cinquante francs, ma chère, une petite couturière me fait, exactement, les robes que chez X… je paie — je payais, car c'est bien fini ! — de dix-huit cents à trois mille francs.

— Non ? est-ce possible ?

— Exactement, je vous dis. C'est même plus soigné que chez X… parce que X… a trop de clientèle, et il bâcle. Alors, vous comprenez, pour le prix d'une robe de X…, je viens de me commander onze robes. Ce n'est pas la peine de s'en priver ! Le vrai plaisir, le vrai chic, c'est la variété, croyez-moi !

J'ai félicité mon amie Valentine. Elle paraissait si contente que je ne lui ai pas rappelé sa confidence du jour des Rois 1924, confidence au cours de laquelle j'appris que, lasse des robes modestes et ratées, elle quittait une couturière à façon pour devenir la cliente du célèbre X…

— Vous comprenez, c'est bien fini ! Elles ne m'auront plus, les petites couturières. Merci bien ! Voilà dix robes, ma chère, dix robes, que j'abandonne toutes neuves. De l'argent gâché, de la mauvaise humeur, quatre mille francs jetés à la rue voilà ce que représente mon essai chez la petite couturière ! Tandis que chez X…, j'ai, pour quatre mille francs, deux robes qui sont des merveilles, qui ne se déforment pas, ne risquent pas de se démoder, que je mettrai toujours avec plaisir. Le vrai chic, ce n'est pas d'avoir beaucoup de robes, au contraire, c'est de porter la marque indiscutable d'une grande maison.

SOIERIES

D'une obscurité profonde, où parfois glisse le reflet lent qui éclaircit les sources aux eaux abondantes et paresseuses, monte une ombelle énorme, une sorte d'astre. Son dôme, qui affleure la surface de l'eau, porte les couleurs du bégonia ardent, de la rose sanguine, ses bords noyés redescendent au rouge du métal chauffé, du grenat que l'ombre violace. Derrière la flottante créature empourprée, une ramille traînante, digitée, d'un vert d'algue, se balance...

Il ne s'agit pourtant que d'un velours, et d'une fleur imprimée. L'auteur du dessin assure : « C'est un pavot... », et il le croit. Mais moi je sais bien que ventrue, ombiliquée, segmentée délicatement, frangée, et remorquant une traîne filamenteuse, sa fleur est une méduse. Si je dis au dessinateur que c'est une méduse, il protestera, sur un ton digne d'artiste incompris. La mer originelle est loin de nous. Le monstre ou la fleur qu'elle enfante en notre esprit émergent, comme fait le fruit de la châtaigne d'eau, au bout d'une tige si longue que nous ne pensons plus à sa racine submergée. Mais la beauté de la matière ouvrée révèle le secret d'une inspiration : au sein d'un velours riche en moires, touché du reflet aquatique qui court sur une surface buveuse de lumière, le pavot est devenu méduse.

Je touche, je regarde ces soieries modernes, la plus coûteuse des parures féminines. Sûr de sa suprématie, fier d'un outillage sorcier, celui qui les tisse dit avec douceur : « Je suis le premier. » Que ferait ici la modestie ? Tout est magnificence, enflée encore cette année par quelques signes de monstruosité : voyez ce gloxinia géant, qui bée comme un petit maelstrom à la corne d'un grand carré de soie ! Les bords de sa gueule sont teints aux couleurs du prisme, comme il arrive aux phénomènes cataclysmaux. Il est aussi beau qu'un arc-en-ciel et qu'un œil de pieuvre.

Sur un fond d'or implacable, grimpent avec activité de longues gousses noires entr'ouvertes, dont les tiges sont filles de la viorne nuisible et du serpent. Collées à la hanche plate de la nymphe 1925, elles l'inclineront au maléfice, non moins que ces flammes lancéolées, bûcher jamais apaisé, pourpre, vert, jaune solaire, qui dardera jusqu'à une gorge nue des langues multipliées.

Que d'or, et d'argent, et de cuivre rouge, mêlés à la soie ! Sur l'étoffe destinée aux lumières artificielles règne la splendeur et la brutalité qu'imposèrent toujours les époques où la mode pâtit d'une indigence dans la forme. La petite tunique quadrangulaire recherche, retrouve le faste des chemises byzantines. Quand le modéliste s'endort, le tisseur s'éveille, et fait des miracles. D'une torsion plus ou moins sévère, il réfrène ou exaspère l'éclat du fil de métal, échauffe un fond, interpose une brume illusoire entre le dessin et le spectateur. Un trompe-l'œil me retient longtemps, et c'est du doigt que je cherche machinalement à quelle distance exacte peut flotter la toile d'araignée en argent fin, concave ici, convexe là, qui me sépare d'un rideau de roses indistinctes, jaunes, rouges, roses, sur un lointain ciel noir... Je vois qu'on aime ici une certaine sorte de fantasmagorie, de duperie optique qui est bien près de l'humour. Des avenues de pastilles multicolores, énormes, vous giflent l'œil, puis s'en vont selon la décroissance vertigineuse des réverbères nocturnes. Un jeu de lignes creuse, sur un crêpe candide, de trompeuses perspectives, et sur un autre crêpe l'œil embrasse à vol d'oiseau, comme du haut d'un avion, des cimes et des cimes d'arbres, des frondaisons crépues que souligne un petit trait, d'un bleu vif d'éclair.

Il n'est point de plaisir sans fatigue, et celui des yeux, si on le prolonge, délabre particulièrement l'esprit. Tant d'or, rebrodé d'or sur fond d'or, tant de feux et de lignes, tant de lampas damasquinés, — on gagne ici, à la fin, la lassitude qu'engendrent les musées trop riches. Encore notre satiété est-elle différée par une astuce d'artiste qu'on n'aperçoit pas tout de suite, et qui consiste à employer un gris, si j'ose écrire, invisible, distribué au revers d'une feuille, d'un pétale ardent, insinué entre deux feux de rouge, entre deux tranchants de vert. Un gris qui tamponne, qui calfate des fissures par où fuient les couleurs en fusion ; un gris concentrique, pareil à la zone de reflets faibles qui cerne la rupture d'une eau tranquille.

Reposons-nous parmi des jardins qui, fleuris cet hiver, attendent le soleil et les femmes de l'été prochain. La rose y abonde, une rose qui revient à une tradition picturale que nos mères chérirent vers 1880. Telle étoffe s'orne de véritables « portraits » de fleurs, des portraits de roses riches, un peu lourdes, bien en chair, d'une ressemblance minutieuse. Adieu la rose « stylisée » en forme d'œil, adieu la rose en figure de colimaçon ! Les roses que je froisse baignent dans une brume légère, dans un air tremblant de chaleur, et je songe aux miraculeuses machines dont le doigt d'acier, posant ici un reflet de nacre, ici une goutte de lumière, ici le vert miroir d'une feuille mouillée, ne se trompe jamais...

D'autres roses jonchent d'autres soieries, d'un goût rustique et ruineux : c'est la rose empruntée à la Perse, la rose des tapis, plate, écrasée, nivelée pour le plaisir d'un pied nu. L'orange doux recherche le voisinage du rose vif, et les mauves du pois de senteur profitent d'un fond blanc sourd, mystérieusement sali. Mais le pavot échevelé ne demande nuls ménagements. Sa torche flambe sur le blanc, sur le vert cru du blé jeune, et brûle d'une si folle ardeur que les femmes auront peut-être peur de lui, l'été venu ?

Elles ne s'effarent pas pour si peu. L'été venu, elles s'en iront, un pan de prairie autour des reins, un coquelicot sur le sein, des lys à langue bifide à hauteur du cœur. Le maître de ces jardins d'étoffes me raconte que ses visiteuses délirent aisément et plongent des bras nus, fébriles, dans les flots murmurants de la soie. Mais rien ne les intimide, et la première extase passée, elles cherchent, jamais étonnées, l'étoile à cueillir pour le corsage, le météore à planter dans les cheveux courts... Celui qui tisse la lune, le soleil et les rayons bleus de la pluie sait qu'on ne touche pas par le prodige, ni par la splendeur, le fond de l'avidité féminine. Aussi recourt-il à certaines perversités.

Cette année, il s'enferme avec un lot choisi d'écheveaux sans prix, filés par les vers de Chine, murmure une incantation, ondoie la trame d'un élixir talismanique, et apporte au jour, parmi des cris émerveillés... la plus parfaite imitation d'un petit lainage pied-de-poule, à douze quatre-vingt-quinze le mètre !

LOGIQUE

« Bravo ! bravo ! Elles s'y sont décidées, en grand nombre. Les noirs jours de février, mars grincheux et glacé, avril aux deux visages, l'un violet de froid, l'autre rose de chaleur, les ont vues vêtues de « cirés » jaunes, de gabardines verdâtres, coiffées d'un petit chapeau miroitant d'eau, sans parapluie et les mains dans les poches. Bravo ! elles ont nargué la pluie verticale, le vent oblique, la neige horizontale et qui collait aux cils. Les voilà bien les femmes pratiques, les pionnières 1925, celles qui dirigent aujourd'hui, celles qui voteront demain, celles qui...

— Celles qui, ô Dithyrambique, ont promené tout l'hiver leurs vertus anciennes et nouvelles, par zéro degré et au-dessous, sur deux semelles pas plus épaisses que l'ongle, que trois petites lanières vernies nouaient sur un bas de soie d'un rose carné. Et ne venez pas me parler du bas chiné ou côtelé qu'on tenta de lancer cette année ! On l'a admiré, le bas côtelé, avenue du Bois, le matin, j'entends entre midi et une heure. Il s'est fait remarquer, tiré qu'il était à cinq ou six exemplaires. Mais, tout l'hiver, dans les flaques, moucheté de boue, déshonoré, piteux, grotesque, inconvenant, avouez-le donc, on n'a vu que le bas de soie rose et ses petits sabots misérables. Cirés, gabardines, cols de lynx, de blaireau, paletots de panthère-façon-taupe et de chevrettefaçon-jaguar, oui, oui, les femmes ont dorloté leurs corps laminés dans tout ce qu'il fallait de fourrure et d'ouatine, mais leur souci, leur ingéniosité hygiénique et coquette n'a pas dépassé les genoux. Pourquoi ? Trouvez-m'en, Enthousiaste, la raison. Les erreurs de la Mode ont un sens, et sacrifient souvent à l'esthétique. Mais ça ! Mais le bas chair-nue sous le costume tailleur ! Mais cette pauvreté de la jambe, et sa froide couleur issant d'un imperméable ! Mais le pied sans défense, souillé pour une averse, saugrenu sous un ourlet de fourrure aussi gros qu'un corps d'enfant ! Mais l'attitude, ou grelottante ou cynique, d'une femme assise dans un salon, assise sur une banquette d'autobus ! Mais cet aspect pas fini, bâclé, baroque, lever-en-sursaut, qu'imposent à une tenue de ville deux jambes gantées pour les féeries du soir !

Décidée à raccourcir encore les jupes, à mener la femme vers « le sept ans » (et 5 francs en plus par âge, comme disent les catalogues), la mode hésite, n'ose pas risquer, du moins à la ville, la culotte asiatique, unique refuge pourtant de la pudeur et de l'hygiène. Je devrais ajouter : du bon sens, puisqu'elle obligerait à quelque dissimulation telle dondon, rare exemplaire vivant du genre boulotte disparu, telle sylphide montée sur tringles, qui ne balancent ni l'une ni l'autre à exhiber, sous la maille nacrée d'un « 44 fin », cinquante centimètres de jambes propres à offenser le bon Dieu — et même sa créature.

Non, Enthousiaste, non, Féministe enragé, n'essayez pas de me faire partager votre lyrisme, et ne demandez pas que j'augure rien de bon d'une législatrice qui n'est pas capable d'imposer la politique du pied au chaud, d'une députée qui, mordue d'onglée et battant la semelle, clôturera un peu cavalièrement une séance pour courir vers l'âtre et le radiateur ?

Passe encore si, endurcies, les femmes s'accoutumaient à fouler le dégel praliné, la neige éphémèrement blanche, d'un pied invulnérable ! Mais point. On n'a entendu tout l'hiver que plaintes, et nos va-nu-pattes dansaient, de froid, d'un pied sur l'autre, comme dindons sur la plaque chaude. Les avez-vous écoutées, au restaurant : « Vite, maître d'hôtel, une boule, une brique ! Je ne sens plus mes pieds. Oh ! ma chère, ce froid ! De toute la journée je n'ai pas pu réchauffer mes malheureux pieds, et je me connais, j'aurai le nez rouge ce soir !... Ma chère, croyez-moi si vous voulez, j'ai la peau des cuisses gercée, à cause de ces robes si courtes... »

Enthousiaste, ne baissez pas, cependant, ce long nez que je vous vois. Songez que voilà le beau temps, la chaleur, que la mince sandale d'hiver va pouvoir céder la place, enfin, au massif soulier de golf, à la chaussure semellée de gomme élastique, et qu'en juillet le pied féminin mijotera, jusqu'à ébullition, sur l'odorant caoutchouc et le cuir chromé. Divertissez-vous, résolu d'avance à les applaudir, en dénombrant les petites inventions que l'élégance nous apporte. Fêtez d'ores et déjà le retour des encolures qui grimpent jusqu'à l'oreille, de la manche qui s'allonge avec l'été, s'accourcit avec l'hiver. Chantez le gros nœud noué sous le menton, les trois tours de mousseline, les pointes de col Royer-Collard, le boa énorme en plumes de coq réservé à la canicule, et chantez donc aussi, pendant que vous y êtes, la suppression des bords de nos chapeaux. À nous, à nous, venus les beaux jours, le nez qui pèle et l'œil qui larmoie dans la souveraine lumière !

Logique, logique féminine, décisions consternantes, soudains mouvements peut-être longtemps mûris, secrets des petites têtes garçonnières, arrogantes au-dessus des gaines d'or et de perles... Chez les couturiers, le faste de Byzance se promène sur des collégiens tondus. Lelong drape de ravissants petits empereurs de la décadence, des types accomplis de la grâce sans sexe, si jeunes et si ambigus que je ne pus me tenir de suggérer au jeune couturier, un jour que l'orage, en sa cour mannequine, grondait :

— Que n'employez-vous — oh ! en toute innocence ! — quelques adolescents ? L'épaule fringante, le cou bien attaché, la jambe longue, le sein et la hanche absents, il n'en manque pas qui donneraient le change sur...

— J'entends bien, interrompit le jeune maître de la couture. Mais les garçons qu'on accoutume à la robe prennent, très vite, une allure, une grâce exagérément féminine au voisinage desquelles mes jeunes mannequins femmes, je vous l'assure, ressembleraient toutes à des travestis.

COLLECTION COLETTE

ISBN E-BOOK : 9782384554997
ISBN BROCHÉ : 9782384555000
ISBN RELIÉ : 9782384555017

ISBN E-BOOK : 9782384554768
ISBN BROCHÉ : 9782384554775
ISBN RELIÉ : 9782384554782

ISBN E-BOOK : 9782384554874
ISBN BROCHÉ : 9782384554881
ISBN RELIÉ : 978238455489

~

Copyright © 2025 by Alicia ÉDITIONS

Credits : www.canva.com ; Alicia Éditions

Photographie de Colette 1910, anonyme, https://commons.wikimedia.org/wiki/File:Colette_-_photographie.jpg

Signature de Colette, https://commons.wikimedia.org/wiki/Category:Colette#/media/File:Colette_Signatur_1929.jpg

ISBN E-BOOK : 9782384555222

ISBN BROCHÉ : 9782384555239

ISBN RELIÈ : 9782384555246

Tous droits réservés.

Aucune partie de ce livre ne peut être reproduite sous quelque forme ou par quelque moyen électronique ou mécanique que ce soit, y compris les systèmes de stockage et de récupération de l'information, sans l'autorisation écrite de l'auteur, à l'exception de l'utilisation de brèves citations dans une critique de livre.

www.ingramcontent.com/pod-product-compliance
Lightning Source LLC
LaVergne TN
LVHW032012070526
838202LV00059B/6423